자 전 거 로
윈 난 에 서
티베트까지

세상에서
가장 길고 힘든
사랑의 프러포즈

자전거로  윈난에서 티베트까지

다펑 글·그림 | 전호상 옮김

에쎄

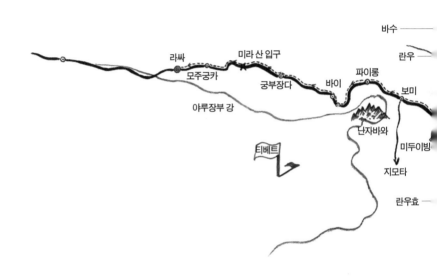

바수

란우

라싸

모주궁카

미라 산 입구

궁부장다

바이

파이롱

보미

아루장부 강

난자바와

미두이빙

티베트

지모타

란우효

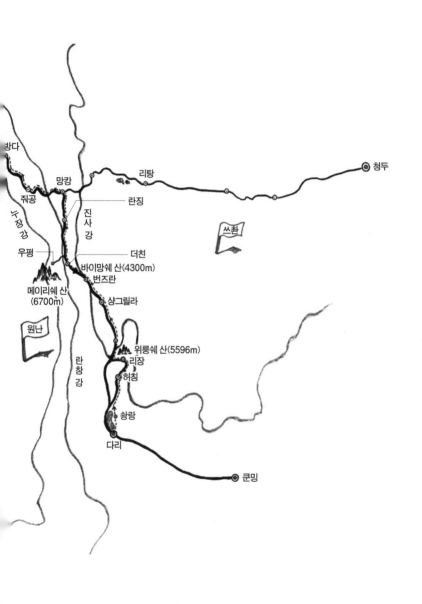

샤오민,

어느새 8월도 끝나가. 한 달만 있으면 벌써 결혼식이야. 얼마 전 네게 라싸까지 자전거 여행을 떠나고 싶다 말했지? 그때 너는 황당해하며 이유를 물었어. 그때 나는 '결혼 선물'에 대해 미리 말하고 싶지 않았기 때문에 그냥저냥 둘러댔지.

"고원을 자전거로 달리며 내 자신을 시험해보고 싶어. 내 정신은 이 여행을 통해 성숙할 것이고, 분명 우리 결혼생활에 도움을 줄 거야……."

더 큰 진실을 숨겼을 뿐 이 역시 내가 여행을 계획한 중요한 목적 중 하나야. 처음에 너는 이 여행을 완고하게 반대했지만 내 확고한 마음을 읽었는지 결국 허락했어. 신신당부와 함께 말이야.

"안전이 가장 중요해요. 절대 다치지 말고 돌아와야 해요."

나는 촉박한 시간 때문에 여행 준비를 완벽하게 하지 못했어. 자전거를 타는 데 필요한 기본적인 물건조차 제대로 구비할 수 없었지. 분명 길고 험한 여정일 텐데 이렇게 대충 떠나도 될까 수도 없이 걱정했어. 이러다가는 못 가겠다 싶어 마음을 다잡기 위해 내 자신을 향해 외쳤지.

"일단 떠나고 보자!"

그날 바로 쿤밍행 기차에 몸을 실었어. 그런데 정신없이 흔들리는 객실에 앉아 있자니 묻어두었던 걱정들이 다시 스멀스멀 올라오는 거야. 나 혼자서, 게다가 준비도 제대로 못 했는데, 너무 위험하지 않을까? 한 번도 자전거로 장거리를 달려본 적이 없는 내가(자전거를 고칠 줄도 모르는데), 심지어 동료 한 명 없이 이게 정말 가능한 일인가? 아무리 생각해봐도 이 여행은 불가능해 보였어. 그러나 그 결혼 선물이라는 내 목

적, 이것 때문에 다시 돌아오지 않은 거야.

여행을 시작하면 분명 이런저런 난관에 부딪히겠지. 하지만 강한 의지력만 있다면 그 어떤 것도 이겨낼 수 있어. 삶에서 예측할 수 있는 순간이 있을까? 다가오는 난관을 피하지 않고 똑바로 응시하며 하나하나 해결해나가는 거야. 지금 나는 그 길의 출발점에 있어.

쿤밍, 사계절이 봄과 같은 도시지. 안타깝지만 시간 때문에 쿤밍에서 오래 머무를 수 없었어. 쿤밍 역에 도착하자마자 다리행 기차로 갈아타기 위해 바삐 움직여야만 했지. 승강장에서 우연히 나처럼 어깨에 자전거를 메고 있는 야오 씨를 만났는데, 심지어 우리는 같은 객실이었어. "하늘 아래 자전거를 타는 사람들은 모두 한 가족이다"라는 말이 괜히 있는 게 아닌가봐. 전혀 모르는 사이였는데도 금세 오랜 친구처럼 친해졌어.

"당신도 자전거 여행을 가나요? 어디로 가세요?"

"뎬장黔江을 통해서 라싸까지 가요."

"신기하네, 저와 같네요."

……

이렇게 우리는 함께 여행하기로 했어. 야오 씨는 여정에서 나와 함께한 첫 동료야.

비록 여행에 오르기 전에 확실한 준비와 계획은 하지 못했지만, 어차피 미래는 모르는 거 아니겠어? 무슨 사건을 마주칠지, 어떤 사람을 만날지, 아무도 모르는 거야. 분명 평소의

쿤밍 역.

일상과는 완전히 다른 삶을 경험하겠지.

놀랍고도 즐거운 일들아 기다려라! 내가 간다!

다펑

2012년 8월 23일

쿤밍–다리행 기차 안에서

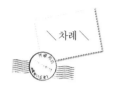

\ 차례 \

네가 향한 세상으로 가다

Day 1

다리大理

샤오민,

밤 10시 반, 지금 나는 다리 고성 안의 작은 여행사에 있어. 방금 샤워를 마쳤는데 하루의 피로를 씻어 내리니 정말 상쾌하네. 오늘 여정은 그리 힘들지 않았어. 하늘이 도왔던 걸까. 마음이 잘 맞는 동료도 만나고 말이지.

다리 역에 도착하자마자 우리는 주변의 자전거포를 찾아다녔어. 부족한 장비가 많았거든. 대강 장비들을 마련하니 날이 어두워져 길가 식당에서 간단히 식사를 했어. 그러고는 곧장 다리 고성으로 향했지. 중국 최고의 고성이라니. 우리는 정말 빠르게 달렸어. 숨이 턱까지 차올랐지만 흥분이 멈추지 않더라.

다리, 동쪽에 얼하이가 자리하고 서쪽에 창산蒼山이 있는 곳. 처음 다리 고성에 도착했을 때, 내 눈에는 헌결차게 우뚝

서 있는 커다란 성문만 보였어. 문패에는 고풍스러우면서도 강한 서체로 "다리大理"라 새겨져 있었고, 그것을 바라보자니 전쟁을 치르는 무장의 강인한 풍채가 느껴졌어.

우리 모두는 무인을 사랑하지. 내가 기억하기로 네게 진융의 무협소설 주인공 중에 누가 제일 멋지냐고 물었을 때, 너는 일말의 망설임도 없이 단예라고 말했어. 지금 내가 있는 곳이 바로 그 단예가 살았던 '다리국'이야. 너와 함께 이곳을 즐길 수 있다면 얼마나 좋을까.

남문으로 들어가면 북문까지 쭉 뻗은 푸싱로復興路가 보여. 다리 고성에서 가장 번화한 거리야. 길을 따라 수많은 상점이

다리 역의 아치형 입구야.
조금 특이하지.

15

우뚝 서 있는 다리 성문이야.

늘어서 있는데, 대부분 대리석이나 자란扎染[홀치기염색, 특이한 문양을 만드는 중국 남방 소수민족의 염색 방법] 등 민족 전통 공예품을 팔고 있어. 사이사이에 자리 잡고 있는 고택들을 보며 옛 거리를 상상해보는 것도 재미있더라. 공원에는 꽃과 나무가 무성하고, 새들은 아름다운 소리로 지저귀며, 수로에는 물이 졸졸 흐르고 있었어. 정말 "세 집마다 우물이 하나씩 있고 모든 집에는 꽃들이 무성하네"라는 유명한 시에서의 표현 그대로야.

고성 안의 남북을 가르는 후궈로護國路는 "양런 가洋人街"라고 불리기도 해. 수많은 양식집, 카페, 찻집 및 공예품점이 들어서 있기 때문이야. 양런 가의 상점들은 죄다 서양 여행객들을 현혹하기 위해 영문 간판을 번쩍이고 있어. 동방의 정취를 찾아온 그들 때문에 오히려 다리 성의 풍경이 변하고 있는 거지. 아이러니하지?

다리는 여행객들을 편안하게 해주는 도시인 것 같아. 리장麗江에 비해 시끌벅적하지만 그래도 난 다리 고성이 지닌 동양 무인 느낌의 정취가 좋아. 늦은 밤 다리 고성을 천천히 걸어보니 마치 역사를 거슬러 올라가는 것 같았어. 천천히 한 발 한 발 내딛을 때마다 현실에서 점점 멀어지고 있었지.

다펑
2012년 8월 24일 밤 10시 30분
다리 고성에서

다리 고성의 바닥에 깔린 화강암은
오랫동안 오갔던 수많은 사람 때문에 닳고 닳아
옥석처럼 반들반들했어.

고성의 길을 천천히 걷다보면
새들이 지저귀고 수로에 물이 졸졸 흐르는
소리를 들을 수 있었지.

창산을 보며  얼하이를 달리다

다리 - 쐉랑雙廊

샤오민,

오늘 정말 아름다운 하루를 보냈어. 다리에서 출발해 얼하이를 동쪽으로 빙글 돌아 쐉랑까지 왔어. 멀리 창산을 보며 호숫가를 달리니 따스한 바람이 나를 맞아주더라. 이렇게 아름다운 곳을 너와 함께 오지 않았다니. 다음에 꼭 같이 오자.

길을 나서기 전에 새로운 동료가 생겼어. 먼저 야오 씨가 온라인에서 같이 여행하기로 한 퍄오스, 그리고 퍄오스가 기차에서 만난 다페이, 마지막으로 다페이가 쿤밍으로 출장 왔을 때 사귄 아콩. 이렇게 네 명이 이번 자전거 여행을 함께 할 거야.

평소에는 이렇게 사람을 사귈 기회가 별로 없지. 그러나 협소한 일상생활의 굴레를 벗어나면 쉽게 친구를 사귈 수 있는 것 같아. 여행 중에는 낯선 사람과 만나서 쉽게 미소를 주고 받고 더욱 친밀하게 인사를 할 수 있어. 친해지고 나면 서로에게 어떤 문제가 생기더라도 망설임 없이 온 힘을 다해 도와줄 수 있는 거야. 왜냐하면 다들 알고 있거든. 동료와 함께하며 서로 도와주는 여행이 진정 아름답다는 걸.

해가 질 즈음 솽랑에 도착했어. 저녁 식사로 마을 입구에 있는 작은 식당에서 이곳의 전통 음식인 투자차이土家菜[투자족의 전통 음식]를 먹고 펑화슈에위에風火雪月 맥주[윈난 지역민들이 즐겨 마시는 맥주]를 마신 뒤, 혼을 빼놓게 만든다는 슈이싱양화水性楊花[얼하이에서만 자라는 식용 수초]를 먹었어. 식당

따스한 바람을 맞으며 얼하이를 달렸어.

주인이 실실거리며 "젊은이들, 이 음식은 보신 효과가 아주 특출 나. 효과가 바로 나타날걸?"이라고 너스레를 떠는 거야. 우리는 크게 웃었고, 눈 깜짝할 사이에 전부 먹어치웠어.

해가 진 쌍랑을 어떻게 표현해야 할까? 내 어휘력으로는 도저히 이 아름다움을 표현할 수가 없네. 대신 그림에 쌍랑의 밤 풍경을 최선을 다해 담아볼게.

다펑
2012년 8월 25일 밤 10시
쌍랑 옛 마을에서

거센 바람이 모든 구름을 휘몰아가듯
깔끔하게 비워진 그릇들.

얼하이洱海는 시얼허西洱河가 무너져 생긴 호수야.

호수 모양이 귀와 비슷하다고 해서 얼하이라 불린대.

그런데 왜 '얼후洱湖'가 아닐까?

아마도 고원에 사는 바이족白族들은 실제 바다를 보기 힘들었을 거야.

그러니 그들은 끝없이 넓은 얼하이를 보며 호수라는 관념에서 벗어나

광활한 바다를 마음속에 그린 게 아닐까?

얼하이 주변에 핀 해바라기를 보니 빈센트 반 고흐가 떠올랐어.
그가 평생을 가난하게 살았기 때문일까. 희망을 향한 그의 광적인
집착이 화폭에 그대로 나타나지. 지금 이 해바라기는 나에게 삶의
방향을 말해주고 있어. 밝게 생각하고 꿈을 가지라고.

햇살이 구름을 빠져나와 얼하이를 비추고 있어.
마치 부처의 광명이 세상을 두루 비추는 것 같아.

멀리 보이는
창산과 가까이에 있는 얼하이.

서쪽 하늘로 지고 있는 석양이야.
한 모녀가 호숫가의 둑에서 장난치며 서로 사진을 찍어주고 있었어.
이 감동을 어떻게 표현해야 할지 모르겠네.
지금 이 순간 세상의 그 어떤 수식도 쓸모가 없어.

비가 그친 뒤엔 해가 뜨기 마련이지 Day 3

쑹랑 - 허칭鶴慶

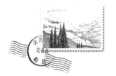

샤오민,

오늘은 꽤 일찍 일어났어. 새벽에 옥상에서 바라본 예스러운 쑹랑은 몹시도 고요해서 시간이 멈춘 듯했어.

아침 식사로 얼스餌絲라는 쑹랑의 향토 음식을 먹었는데, 면발이 아주 질기고 미끌미끌했어. 내 입맛엔 전혀 맞지 않더

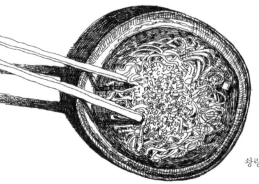

쑹랑의 향토 음식 얼쓰.

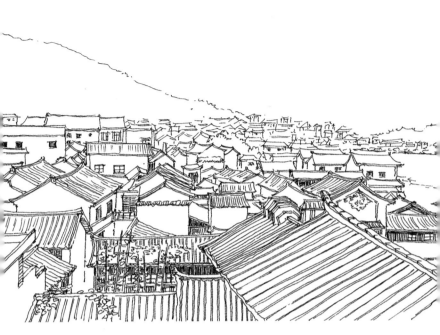

새벽녘에 옥상에서 잠들어 있는 고요한 쌍랑을 보고 있었어.

라고. 남은 면발을 한입에 꿀꺽 삼켜버리고는 바로 라이딩을
시작하기 위해 밖으로 나가니 보슬비가 바람에 정신없이 흩날
리고 있더라.

　화창한 날씨 덕에 기분이 좋았던 어제와는 달리 오늘은 궂
은 날씨 때문에 아주 미쳐버리는 줄 알았어. 바람이 불었다
가, 비가 내렸다가, 갑자기 맑아지면서 날씨가 계속 바뀌는 거
야. 게다가 오늘은 작은 산을 넘어야 했기에 15킬로미터의 오
르막길이 우리를 기다리고 있었지. 이 높지 않은 산은 분명히

비바람 속에서 자전거를 타는 건
정말 힘들었어.

햇병아리 티를 못 벗은 나를 어떻게 해서든 괴롭히기 위해 단단히 결심했던 모양이야. 비바람 속에서 산을 오르다보니, 겉옷은 빗물에 젖어 오한이 들고, 속옷은 땀에 젖어 찝찝해졌어. 빗물과 땀이 섞이니 꼭 끈적끈적한 쌀죽그릇에 들어간 것 같았어. 언덕을 하나 오르면 곧 다른 언덕이 나타났어. 한참을 달리다 너무 힘들어서 '이제 많이 왔겠지'라고 생각해 거리계를 보니 고작 2킬로미터 왔더라고. 앞서갔던 야오 씨와 퍄오스와도 점점 멀어지고, 나는 갈수록 무기력해졌지. 참나, 어제 본 아름다운 풍경의 대가가 오늘의 연옥이라니.

이를 악물고 끝없이 이어진 산길을 악착같이 오르고 있는데, 위에서 차 한 대가 내려오더니 내 앞에서 갑자기 속도를 줄이는 거야. 그러고는 운전자가 창밖으로 손을 내밀어 엄지손가락을 곧게 세웠어.

"형님들, 파이팅!"

그 목소리가 귀에 꽂히자 갑자기 머리에 소름이 돋았어. 낯선 사람이 전해준 힘찬 격려가 내 가슴을 이렇게나 뜨겁게 만들 줄이야.

고행길이 끝나고 산 정상에 오르자 거짓말처럼 하늘이 맑아졌어. 날이 개어 해가 뜨니 푸른 하늘에 나타난 무지개가 저 멀리 금빛 다랑이 논까지 뻗어나갔어. 눈앞에 아름다운 풍경이 펼쳐지니 지금까지의 괴로움이 순식간에 사라지지 뭐야. 비가 그친 뒤 쏟아지는 햇빛은 더욱 찬란한 것 같아.

정상에서부터 시작된 수 킬로미터의 내리막길은 나를 흥분

시켰어. 처음으로 맛본 다운힐의 짜릿함에 신나게 달리고 싶었지만, '안전 제일'이라는 네 당부가 떠올랐어. 차가 적고 시야가 확보될 때에 한해서 시속 30킬로미터 정도로만 달렸지. 완전한 모습으로 너에게 돌아가겠다고 약속했으니까.

천천히 달려서인지 하늘이 어두워져서야 허칭에 도착할 수 있었어.

다펑
2012년 8월 26일 밤 10시 30분
허칭 고성에서

야크 무리가 초원에 흩어져서 풀을 뜯고 있었어. 생명력이 느껴지지?
오랫동안 자리를 지키고 있는 저 산은 마치 세월의 무상함을
고요히 굽어보는 노인 같아.

비가 그치고 나서야 진정 아름다운 풍경을 볼 수 있었어.

산 정상에서의 이 풍경이 가장 아름다웠어.

땅거미가 내려앉은 허칭 성이야.

아름다운 리장 Day 4

허칭 - 리장麗江

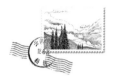

샤오민,

오늘의 여정은 비교적 수월했어. 허칭부터 리장까지는 고작 40킬로미터밖에 안 되기 때문에 간만에 늦잠을 잤어. 해가 중천에 오르고 나서야 느긋하게 허칭 고성을 둘러봤지.

허칭은 고요한 도시야. 다리와 리장의 명성 사이에서 가려 졌기 때문이지. 나는 바닥에 깔린 매끄러운 청석을 따라 적막 한 거리를 한가롭게 걸었어. 멀리 보이는 허칭 성은 마치 혈기 왕성한 장군이 이 고요한 땅을 수호하고 있는 것처럼 보였지.

거리에 늘어선 상점들은 저마다 각양각색의 기념품들을 진 열해놓고 있었어. 하지만 나는 윈난백약雲南白藥[어혈에 효과가 좋다고 알려진 약]만 사려고 했기 때문에 다른 상점들은 전부 무시하고 허칭에서 가장 큰 약국으로 들어갔지. 약국 진열장 에는 수많은 종류의 윈난백약이 있었어. 퍄오스가 옆에서 말

허칭 성은 마치 혈기왕성한 장군이 이 고요한 땅을
수호하고 있는 것처럼 보였어.

하길,

"이거 하나 사세요. 예전에 홍콩에서 한번 써봤는데 자전 거를 무리하게 타서 뭉친 근육에 특효약이에요!"

나와 야오 씨는 서로 바라보며 웃었어. 그리고 스프레이 형 태인 윈난백약을 몇 병 샀지. 이게 정말 효과가 좋은지는 잘 모르겠어. 플라시보 효과 같기도 하고 말이지. 뭐, 아픈 다리 에 뿌리니 좀 편해진 것 같기는 해.

허칭을 떠나 우리는 호화스러울 정도로 편한 도로를 달렸 어. 이 도로는 아마도 리장의 관광업을 위해 만들었을 거야. 아스팔트 도로, 선명한 지시선, 도로 난간에 줄지어 붙어 있는 반사판 등이 전부 새로 지은 듯했어. 오고 가는 차와 사람이 거의 없는 걸로 봐서는 개통한 지 얼마 안 된 도로인 듯해.

고개를 들고 멀리 바라보니, 파란 하늘에 흰 구름이 떠 있 고 그 아래에 줄지은 산맥이 보였어. 이렇게 아름다운 풍경을 보며 달리는 것만큼 행복한 일이 있을까? 나는 감정을 억누 르지 못하고 두 팔을 활짝 벌린 뒤 큰 소리로 외쳤어.

"리장아 내가 왔다!"

길가에 커다란 비석이 눈에 띄었어. 그 비석에는 "하칭차마 고도鶴慶茶馬占道"가 간결한 서체로 새겨져 있었어. 사나이의 피를 끓게 하는 수없이 많은 전설이 이 도로에 서려 있지.

리장으로 가는 마지막 비탈을 오르려는데, 갈림길 입구에 "관음협곡 관광지"라는 표지판이 보였어. 산자락에는 녹음 이 우거진 숲과 짙푸른 호수 그리고 그 주위를 둘러싸고 있는 나시족納西族[중국 소수민족 중 하나로 윈난 성과 쓰촨 성 등지에 분포]의 하얀 집들이 조화롭게 어우러져 있었지. 그 풍경은 강남의 수향마을과 엇비슷했어. 나는 한시라도 빨리 그 풍경 속으로 들어가고 싶었지만 가는 길이 가파른 내리막이었어. 다시 말해 내려가면 그만큼 올라와야 하는 거야. 퍄오스와 야오 씨는 힘을 낭비하고 싶지 않았는지 갈림길에서 기다리 겠다고 하더라고. 나는 잠시 고민하다 조금 힘들더라도 고원 의 수향 풍경을 보기로 결정했어.

샤오민, 사실 관음협곡에 내려간 이유는 하나 더 있어. 바 로 관음보살께 절을 올리기 위해서였지. 물론 나는 무신론자

도로가 마치 구불구불한 강 같지?
그 강은 산과 광야 그리고 수풀을 가로지르지.

표지판은 항상 우리의 여정이 얼마나 남았는지 알려줘.
나는 자전거를 도로가에 세워두고 잠시 쉬었어.

차마고도는 쓰촨, 윈난, 티베트(그리고 인도까지)를 잇는 고대의 교역로야.
차와 말, 비단 등의 교역품이 넘나들었던 경제 발전의 요지였지.
그러나 지금은 차마고도의 아름다운 자연경관 때문에
일부를 제외하고는 관광지로 이용하고 있어.

이지만 여행을 떠나기 하루 전날 네가 나를 절에 데리고 가서 관음보살께 절을 시켰잖아. 그때 뭔가 고귀해 보이는 불상 앞에 서니 불안했던 마음이 바로 사라졌거든.

예전에 관음협곡은 차마고도로 리장에서 티베트로 가는 유일한 길이었어. 옛사람들은 이곳을 "리장 최고의 열쇠" 혹은 "리장 최고의 경치"라고 불렀지. 눈앞에 펼쳐진 황룡담黃龍潭은 못 바닥의 고목이 선명하게 보일 정도로 투명했고, 호숫가에는 큰 버드나무가 한들거리고 있었어. 사람을 이렇게 설레게 하다니. 정말 아름다운 풍경이야.

그리 멀지 않은 곳에 고건축물이 즐비했는데, 전부 나시족의 전통 양식으로 지은 주택이었어. 나는 그 주택들을 보며 예전에 이들의 삶이 어떠했는지 상상할 수 있었지. 조금 고생스럽긴 했지만 그래도 관음협곡에 들르길 잘한 것 같아. 우리네 인생처럼 즐거움을 누리기 위해서는 그만한 대가가 필요한 법이지.

리장에 도착하자마자 우체국부터 갔어. 일단 너와 친구들에게 보내줄 엽서를 사야 했고, 또 지도에 날짜 도장을 찍기 위해서였지.

리장 고성은 언제나 사람으로 붐비는데, 여느 대도시와 비교해도 손색이 없을 정도야. 옛 거리에는 오가는 사람이 아주 많아 발 디딜 틈도 없었고, 상점들은 너도나도 행인의 눈길을 끌기 위해 온갖 화려한 장식을 갖다 붙여놨어. 특히나 밤에는 거리의 술집들이 화려한 네온사인으로 여행객들을 현혹하고 있었는데, 아니나 다를까 여행객들은 그 분위기에 휩쓸려 문란하게 놀고 있었어. "남자의 세상이며, 여자에게는 천국이다." 가이드들은 하나같이 이렇게 소개하더라고. 그들은 리장을 "연애의 도시"라고도 부르는데, 왜냐하면 리장에 오는 많은 사람이 이성과의 아름다운 만남을 기대하기 때문이지.

샤오민, 아마 너도 나처럼 이런 분위기를 좋아하진 않을 거야. 난 이렇게 난잡한 곳에서도 전혀 동요하지 않았어. 오히려 내가 어떤 삶을 원하는지 확신이 들었지.

다펑
2012년 8월 28일 밤 11시
리장 나시족의 여관에서

리장 고성의 입구야.

옛 거리에는 정말 엄청난 인파가 모여 있었어.

사람들의 물결과 리장 고성의 지붕들.

작은 교각, 흐르는 물, 찻집, 술집.

수로 옆에 늘어선 술집들.

리장의 밤.

여행을 함께한
멋진 동료들을 소개합니다

나와 기차역에서 우연히 만난 야오 씨는 여행 전에 이미 온라인으로 동료들을 구해두었다. 다른 온라인 동료들과는 리장에서 만났다. 나는 야오 씨 덕에 좋은 동료를 거저 얻은 것이다.

우리의 인연은 정말 대단하다. 이 여행길에 오르기 전에는 서로 알지 못했고, 멀리 떨어져 살았기 때문에 사실 만날 수도 없는 사이이지 않은가. 어떤 인연으로 우리가 이렇게 모였는지는 알 수 없지만, 이 즐겁고 고통스런 여정에서 서로를 가슴에 확실히 새겼다.

우리는 모두 같은 목적이었다.

"비록 힘들고 위험할지라도, 심지어 자전거를 질질 끌고서라도 라싸에 가겠다! 난관에 부딪히면 서로를 의지해서 다 같이 라싸에 가겠다!"

힘든 고행길에 같이 오른 동료들이여, 이 자리를 빌려 감사의 말을 전한다.

야오 씨, 상하이에서 왔다.
엄청난 우등생! 항공기 설계사라는
선망의 직업을 버리고 여행을 시작했다.
항상 흥겹게 페달을 밟는
그의 속마음은 아무도 모른다.

퍄오스. 광저우에서 왔다.
산책과 등산을 좋아한다.
또 굉장한 먹보다. 저 친구는 그저
먹으러 여행을 온 게 아닌가 싶다.

쾅 형님. 홍콩에서 왔다. 나이는 제일
많지만 가장 어린 마음을 지녔다.
그는 처음에 서로 소개하는 자리에서
정말 고전적인 농담을 했다.
"나는 야오라고 합니다. 상하이上海에서
왔습니다." 그러자 곧바로
쾅 형이 끼어들며, "나는 쾅이라고 합니다.
하이상海上에서 왔어요"라고 말했다.
우리는 몹시 당황해서 멋쩍게 웃었다.
쾅 형은 아무리 힘들어도 싫은 소리
한번 하지 않았다.
그는 묵묵히 페달을 밟으며 초로뭉마봉
[티베트와 네팔 국경에 솟아 있는
약8848미터의 세계 최고봉]까지 달렸다.

화 형님. 리장 사람이다.
강한 체력의 소유자이며
의리파 사나이이기도 하다.
항상 선두에 서서 여정을 관리했다.
명실상부한 우리 팀의 리더다.

아롱, 베이징에서 왔다.
상남자다. 성격이 시원시원하고
때론 똥고집을 부리는 전형적인
둥베이 사람이다.

아룬, 광저우에서 왔다. 고산병을
우습게 보는 건지, 레드불에 술을
섞어 마시며 라싸까지 달렸다.

타오 형, 윈난 위시玉溪에서 왔다.
과묵하지만 가끔 힘 있는 말을 한다.
여정이 지겨워질 때면 가끔 시를 한 수
읊는다. 나는 그의 시가 참 좋았다.

다페이, 베이징에서 왔다. 우리 팀의 맥가이버다. 여정에서 누구의
자전거가 망가지더라도 항상 도와준다. 짐승 같은 체력과 따뜻한
마음을 가진 사람이다. 먹는 걸 상당히 좋아하지만 때로는 들개와도
음식을 나눠 먹을 정도로 후한 면이 있다.

섭섭함,
여행이 지닌 또 다른 매력

리장 - 충장허 강 댐沖江河大壩

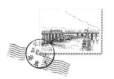

샤오민,

지금까지는 준비운동에 불과했어. 오늘부터 드디어 본격적인 라이딩을 시작해. 알다시피 여행 준비를 급박하게 했기 때문에 자전거 전용 쫄쫄이 바지 하나 없었어. 또 여분 타이어나 손목 보호대, 장거리 전용 안장 등 필수 장비조차 없었지. 동료들에게 내가 아무 지식도 없는 무경험자라고 밝히자 다들 황당해하더라. 다행히 리장에도 자전거 장비점이 많아서 동료들의 도움을 받아 어느 정도 구색을 갖출 수 있었어. 이상하게 가방이 무거워질수록 마음은 편해지더라. 처음에는 혼자 시작한 여행이었지만 지금은 이렇게 많은 동료가 생겼어. 여행은 사람들 사이의 거리를 좁히고 뜨거운 전우애를 만들어주는 것 같아. 샤오민, 더 이상 날 걱정할 필요 없어. 이제는 혼자가 아니니까.

리장을 떠나 10킬로미터 정도 달리자 시야가 확 넓어졌어. 멀리 라스하이拉市海라는 고원호수가 보였는데, 거울처럼 맑은 호수에 비친 위룽쉐 산玉龍雪山은 정말 아름다웠어. 새 한 마리가 호수 위 푸른 하늘과 구름 사이로 날아올라 한 폭의 청량한 그림을 그렸지.

산 하나를 넘었는데도 눈앞에 라스하이의 풍경이 아른거렸어. 그러다가 갑자기 나타난 진흙길은 내 감성을 완전히 앗아갔지. 돌과 진흙이 섞인 길을 자전거로 달리는 건 정말 힘든

멀리서 바라본 라스하이.
호숫가에 늘어서 있는 나시족 주택들이 꽤 운치 있지?

이 어두운 터널이
유일한 통로였어. 무서웠지만
들어갈 수밖에 없었지.

일이었어. 온몸에 진흙물이 마구 튀었고, 곳곳에 도사리고 있는 구덩이들이 수시로 위협했어. 풍경을 감상하기는커녕 고개를 숙인 채 이를 악물고 그곳에서 벗어나는 데 전력을 다했지.

시간이 부족했기 때문에 우리는 안타깝게도 후타오샤虎跳峽에 갈 수 없었어. 후타오샤의 빠르게 흘러가는 계곡물과 거대한 바위가 만드는 용쟁호투의 장관을 볼 수 없다니……. 우리는 살면서 섭섭함을 종종 느끼지. 그러나 그 '섭섭함'이 꼭 부정적이지만은 않아. 이번에 느낀 섭섭함도 나중에 너와 후타오샤로 다시 올 수 있게 하는 하나의 원동력이잖아?

충장허 강 댐 옆에는 독특한 농가가 있어. 널찍하고 아름다운 정원에 둘러싸여 있는 여관, 오늘 우리가 묵을 곳이야.

다평
2012년 8월 29일 저녁 식사가 끝난 식탁에서

길 위에 세워진 패방에
멋진 글이 쓰여 있었어.
아름다운 무지개가 미소를 띠면,
바다를 넘고 하늘을 날아서
손님이 찾아온다(왼쪽).
진샤 강에서 송나라의 시를
한 편 읊으니, 그 자체가 샹그릴라의
멋진 풍경이 아니랴(오른쪽).
디칭족 자치구에 온 것을
환영합니다(위쪽).

가슴에 새긴 말, "영원히 행복하기를"

Day 6

충장허 강 댐 – 샹그릴라香格里拉

샤오민.

우리는 오늘 샹그릴라까지 왔어. 아침에 숙소를 막 나서려는데 여관 주인이 우리에게 따뜻한 쑤요우 차酥油茶[소, 양의 젖으로 만든 짱족과 몽골족의 전통 음료] 한 잔씩을 주더라고. 고지대 소수민족의 전통 음료답게 고산병에 특효가 있다네. 태어나서 처음 먹어본 쑤요우 차는 달콤상큼하면서도 신선한 우유 맛이 일품이었어. 나는 주인에게 고맙다고 말하고 잔에 가득 담긴 차를 단숨에 마셔버린 뒤 힘차게 페달을 밟았어.

산길에는 온통 야생화로 가득했는데, 특히나 널찍한 코스모스 밭이 최고였어. 하늘하늘거리는 온갖 색의 코스모스와 줄지어 핀 커다란 해바라기가 찬란하게 빛나는 모습은 더할 나위 없이 아름다웠어.

풍경화 속을 달리는 기분으로 신나게 페달을 밟다보니 어

느새 우리 팀 선두를 한참 앞서버렸지 뭐야. 자전거에 익숙하
지 않아서였을까 아니면 지나치게 흥분해서였을까. 나는 총
20킬로미터가 넘는 경사진 비탈길을 높은 기어로만 달렸는
데, 그 여파로 밤에 꽤 고생을 했어.

숨이 차서 씩씩대며 산을 오르는데 길가의 소몰이 아저씨
가 내게 다가오더라고.

"여기까지 자전거로 올라왔수? 저 밑에 떡하니 버스가 있
는데 왜 사서 고생을 혀."

나는 씩 웃으며 대답했지.

"말씀은 고맙습니다만, 저는 이 산을 제 힘으로 오르고 싶

하늘하늘거리는 온갖 색의 코스모스와 줄지어 핀
커다란 해바라기가 찬란하게 빛나는 그 모습은
더할 나위 없이 아름다웠어.

리족 아저씨는 내가 건네준 지도에
"영원히 행복하기를"이라고 정성스레 쓰셨어.

네요."

아저씨는 웃으며 나를 향해 엄지손가락을 곧게 치켜세웠어.

잠시 쉬면서 그와 대화를 하는데 그는 리족[하이난다오나 산둥 성 근처에 사는 소수민족] 특유의 말투를 쓰더라고. 하지만 행색은 전혀 리족 같지 않았지. 짧은 대화를 마친 뒤 나는 그에게 윈난 지도를 건네주고 축복의 의미로 좋은 문장을 적어달라고 부탁했지. 그러나 그는 문맹이었어. 아저씨는 잠시 주저하다가 내게 "영원히 행복하기를"을 본인의 손에 써달라고 부탁했어. 내가 손바닥에 적어주자 그는 지도에 한 획 한 획 내 글씨를 그대로 따라 쓰더라고. 그 모습이 왠지 모르게 존경스러웠어. 몇 자 안 되는 그 글은 영원히 내 가슴속에 남을 것 같아.

"요구르트 팔아요!"

길가에서 한 손에는 요구르트 병을 다른 손에는 종이컵을 들고 있는 귀여운 쫭족 꼬마가 말했어. 나는 "고맙지만, 괜찮아"라고 예의 있게 말했지. 그러자 그 꼬마가 거의 울려고 하는 거야. 나는 어쩔 수 없이 가방에서 버터 맛 사탕을 몇 개 꺼내줬어. 그리고 갈 길을 가려는데 그 꼬마가 느닷없이 사진을 한 장 찍어달라고 하는 거야. 뭐, 흔쾌히 찍어줬지. 그런데 사진을 찍자마자 그 꼬마는 내게 손을 들이밀며 말했어.

"10위안! 사진 찍었으니 10위안 주세요!"

나는 어리석게도 순간 화를 참지 못했어.

"이 녀석이! 돈 없어!"

아마 내 목소리가 조금 컸을 거야. 멀지 않은 곳에 있던 쫭족 남자들이 무서운 얼굴로 다가오더라고. 별수 있겠어? 이럴 때는 무조건 삼십육계 줄행랑이지! 하, 여기가 무릉도원이 맞나 싶네.

다펑
2012년 8월 30일 밤 9시 30분
샹그릴라에서

리족 아저씨가 저 마을을 가리키며 말했어.
"저기가 내 집이여."

요구르트를 팔던
창족 꼬마야.

짱족 자치구에서 제일 유명한 백탑이야.
샹그릴라에 오는 사람이라면 대부분 여기서 사진을 찍어.

풀 내음이 가득한 짱족의 목장이야.

이 쫭족식 주택은 푸른 하늘과 구름 아래에서
특히나 아름다워 보였어.

이 고요한 땅에는 설산과 골짜기, 성스러운 사당, 울창한 산림,
무리지어 있는 소와 양이 조화를 이루고 있어.
창족 말로 "샹그릴라"는 "마음속의 해와 달"을 뜻한대.
창족이 가고자 하는 이상세계를 표현한 거야.

몸은 지옥에,
영혼은 천국에

Day 7

샹그릴라 - 번즈란奔子欄 - 슈송書松

샤오민,

오늘은 정말 바쁜 하루였어. 샹그릴라에서 출발해 번즈란을 거쳐 슈송까지 가야 하는 총 110킬로미터의 대장정이었지. 우리가 윈난의 지형을 "두 산과 하나의 협곡"이라고 말하지? 오늘 여정이 딱 그랬어. 나는 체력을 극한까지 끌어올려야 했고, 인내력에 한계를 느꼈어. 진정한 "연옥"을 체험한 하루였지. 그래도 아름다운 풍경 덕에 기분은 좋았지. 이 말이 떠오르더라고.

"몸은 지옥에, 영혼은 천국에!"

점심식사로 우리는 니시尼西 지역의 향토 음식인 투보지土鉢鷄를 먹었는데, 맛이 정말 일품이었어. 손님이 많아서인지 닭을 그때그때 잡아 요리하더라고. 요리하는 데 시간이 많이 걸렸기 때문에 한 시간 정도 쉴 수 있었어. 그 시간에 나는 니시의 우체국에 들렀지. 우체국에는 졸려 보이는 직원이 혼자 앉아 있었어. 동공이 풀린 채로 나에게 도장은 책상 위에 있으니 직접 찍으라는 거야. 이곳의 생활은 이렇게 느리게 흘러가. 도시와는 달리 바쁜 사람이 없지.

식사를 마치고 다시 자전거에 올랐어. 완만한 비탈길을 얼마간 오르니 해발 약 3000미터부터 2000미터까지 급강하하는 골짜기가 나타나 내려왔어. 그렇게 한참을 내려와 란창 강瀾滄江을 건너 도착한 '샹그릴라 대협곡 관광지' 입구에는 커다란 벽화가 있었는데 온통 여행객들의 낙서로 가득했어. 나도 빠지지 않고 한 줄 썼지.

"샤오민, 돌아가면 바로 결혼하자!"

거기서 자전거 뒤에 전용 수레를 달고 다니는 팀을 만났어. 그 수레에는 취사도구 등 간단한 생필품이 들어 있었지. 그들과 잠시 대화를 나눴는데, 타이완에서 출발해 광저우를 거쳐 이곳까지 왔더라고. 벌써 5개월이나 집에 돌아가지 않았대.

골짜기를 지나가는데 갑자기 엄청난 바람이 불어왔어. 8~9급 정도 되는 바람이었던 것 같아. 바람 때문에 모래가 사방에 흩날렸고 심지어 돌멩이도 이리저리 굴러다녔어. 눈을 제대로 뜰 수 없었던 것은 물론이고 가만히 서 있는 것조차도 힘들었어. 내 자전거는 바람에 날려 몇 번이고 쓰러졌지. 게다가 굴러다니는 돌멩이들 때문에 여러 번 미끄러질 뻔했어. 힘든 여정 때문에 비명을 지르고 있는 다리근육을 신경 쓸 틈도 없이, 바람에 맞서 전력을 다해 그 골짜기를 통과해야만

했어.

번즈란에 도착할 때쯤 무릎 관절이 굉장히 아팠어. 요 며칠 일정이 빡빡했기 때문이야. 잘 움직이지도 않는 다리로 슈송까지 대략 20킬로미터가 넘는 비탈길을 올라가야 했지. 우리는 내일 바이마쉐 산白馬雪山을 올라야 했기에 오늘 반드시 슈송까지는 가야 했어. 번즈란의 국숫집에서 조금 쉬며 국수로 배를 채우고 다시 페달을 밟았어. 힘차게 달리고 있는데

이른 아침의
샹그릴라 츠부카刺布卡 광장,
다 같이 모여 사진을 찍고
바로 출발했어.

야오 씨 자전거가 갑자기 고장났어. 타이어가 펑크 나고 설상가상으로 체인까지 끊어진 거야. 팀 분위기가 더 무거워졌어. 우리는 서둘러서 수리를 끝내고 다시 출발했지.

어느새 하늘이 어두워졌고 전조등을 켜야만 했어. 나는 무릎이 아파 거의 힘을 낼 수 없었는데, 증상이 심해질 때면 자전거에서 내려와 천천히 걷기도 했지. 적막한 밤길에는 자전거 바퀴 소리와 숨소리만 들렸어. 달 하나만큼은 정말 밝더라. 걷다보니 건전지 수명이 다했는지 전조등이 꺼졌어. 세상이 깜깜했지만 나는 이를 악물고, 자신의 감각만을 믿으며 페달을 밟았어. 무릎이 아프다 못해 감각이 사라져갈 때쯤, 멀리 여관의 흐릿한 전등이 보였어. 드디어 오늘 묵을 숙소에 도착한 거야.

기쁨도 잠시, 이 여관의 시설은 최악이었어. 더러운 침대는 말할 것도 없고 샤워실과 화장실조차 제공하지 않았지. 뭐, 지금 씻는 게 문제겠어? 그저 눕고 싶은 마음뿐이야.

지금이 11시니까……. 세상에, 오늘 14시간이나 자전거를 탔잖아!

다펑
2012년 8월 31일
슈송에서

71

여기는 산 정상이야.
파나하이로 돌아가고 싶네.

깊은 산속에 있는 산골 마을.

자전거 전용 수레.

모래가 날리고 돌들이 굴러다니니,
내려서 자전거를 끌어야 했어.

달빛으로 희미하게 보였던
"창장長江 강 제일의 물돌이 지형".

바이마쉐 산에
한을 남기고 기쁘게
메이리쉐 산을 만나다

Day 8

슈송 – 더친德欽 – 페이라이스飛來寺

샤오민,

우리는 3일 동안 페이라이스에서 지냈어.

슈송에 도착한 다음 날 아침 화 형님이 야단치면서 깨워서야 간신히 일어날 수 있었어. 정신을 차려보니 온몸에 힘이 없었지만, 그나마 걱정했던 무릎은 약간 따끔거릴 뿐 참을 만했어. 아침 식사를 하고 딱딱한 밀가루 빵 하나를 챙겼어. 점심을 먹을 곳이 없었거든.

오늘은 시작부터 오르막길. 산을 오를수록 떨어지는 기온과 아파오는 무릎이 내 인내력을 시험하더군. 그런데 때마침 뒤에서 트럭 한 대가 경적을 울리며 올라오는 거야. 순간 저 트럭을 잡아탈까 고민했어. 트럭을 타면 목적지까지 편하게 갈 수 있잖아! 내 안에서 격렬한 싸움이 일어났어. 그 와중에 트럭은 무심히 옆을 지나쳐갔고 나는 계속 페달을 밟아야 했지. 얼마나 지났을까. 갑자기 무릎이 한번 굉장히 아프더니 더 이상 힘이 들어가지 않는 거야. 나는 결국 길바닥에 주저 앉았는데, 정말 울고 싶더라. 아니, 눈물만 흘리지 않았지 이 미 울고 있었어. 도대체! 왜! 이렇게 고통스럽게 만들면서까지 자전거로 여행을 하는 걸까? 이게 무슨 의미가 있지?

그리고 네 말도 떠올랐어.

"안전이 가장 중요해요. 절대 다치지 말고 내게 돌아와야 해요."

맞아. 꼭 건강하게 돌아가야 해. "신랑 입장"을 휠체어에 앉아서 할 수는 없잖아. 뒤에서 다른 차 한 대가 올라왔고, 결 국 나는 두 손을 번쩍 들었지.

이렇게 이번 여행에서 처음이자 마지막으로 나는 히치하이 킹이란 걸 했고, 바이마쉐 산에 깊은 한을 남겼어.

내가 페이라이스에 도착한 지 얼마 지나지 않아 아룬 역시 차를 타고 왔어. 자초지종을 들어보니 내가 떠나자마자 바이 마쉐 산에 큰 비가 내렸고, 그 전에 나머지 팀원들은 서로의 체력을 고려해 두 그룹으로 나눴는데, 앞서 갔던 화 형님, 야 오 씨, 파오스는 더친으로 내려오는 길에 비를 그대로 맞아 몸에 무리가 왔고, 쾅 형님, 타오 형, 아룽은 비를 피해 바이 마쉐 산 정상의 노동자 숙소에서 하루 묵기로 했다는 거야.

이튿날 저녁 7시가 되어서야 나머지 팀원들이 비를 맞으며 페이라이스에 도착했고, 나는 바로 달려나가 온 힘을 다해 그 들을 끌어안았어. 그들과 함께하지 못한 나 자신을 책망해서

메이리쉐 산의 13봉을 기리는 13백탑.

였을까? 아니면 그들의 인내력에 감동해서였을까? 이유는 모
르겠지만 나는 그들과 포옹하며 많은 눈물을 흘렸어.

원래 우리는 하루만 묵을 생각이었지만 하늘이 생각대로
움직여주지 않았어. 야속하게도 며칠간 계속 비가 내렸지. 우
리는 좋으나 싫으나 3일 동안 페이라이스에서 편히 쉬었고 덕
분에 무릎은 많이 좋아졌어. 저녁이면 같이 모여 차를 마시며
일, 삶, 꿈, 가족, 사랑 등 많은 이야기를 나눴지.

페이라이스에서 지낸 지 3일째, 메이리쉐 산을 덮고 있던 안개구름이 사라지자 우뚝 솟은 설산의 13봉이 그 장엄함을 드러냈어. 특히나 주봉 '카와커보'가 햇살을 받을 때면, 거대한 에메랄드가 반짝이는 것 같았지. 굵은 날씨 뒤에 나타난 풍경은 그 어떤 신기함과도 견줄 수 없었어.

메이리쉐 산은 운이 좋은 사람들에게만 그 아름다움을 보여준다고 해. 너를 만난 것만 봐도, 나는 하늘의 축복을 타고 난 것 같아. 지금까지 이런 말을 할 용기가 없었는데, 이제 와서야 입이 트이다니. 메이리쉐 산이 무슨 조화를 부렸나봐.

샤오민, 정말 사랑해.

다펑
2012년 9월 4일
페이라이스에서

차와 수다의 장을 표현해봤어.

第一次知道
仙人掌的果实
是可以吃的。看
着长满刺的
果实，不知道从何处下嘴……

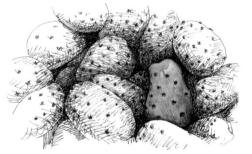

더친에서 선인장 열매를 팔던 상인.

장족들은 남녀노소 할 것 없이
메이리쉐 산을 향해 경배를 올리더라.

无论男女老少，
梅里雪山在他们心中
都是无比的神圣
只要她露出神秘的面纱
人们便面向她虔诚的朝拜…

다섯 장을 연결하면 하나의 사진이 되는 엽서야.
물론 사진은 메이리쉐 산이지. 뒷면에는 내가
"샤오晓, 민敏, 나는我, 사랑해爱, 너를你" 이 다섯 글자를 썼어.
부디 네가 이 다섯 장을 온전히 그리고 한 번에 받길 바란다.

햇살이 장족식 여관을 비추고 있었어.

메이리쉐 산을 볼 수 있었던
운 좋은 사람들이야.

꿈에나 나올 법한 란징의 온천

페이라이스 - 란징鹽井

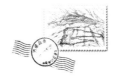

샤오민,

오늘 우리는 드디어 윈난을 뒤로하고 티베트 자치구에 들어왔어. 티베트 자치구라는 표지판을 보자마자 나는 큰 소리로 외쳤어.

"드디어 티베트다! 라싸야 내가 왔다!"

티베트는 설산, 초원, 호수, 쫭족식 주택 등 모든 게 여타 지역과는 다른 모습이었어. 크지 않은 쫭족 마을이 도처에 있었는데, 높은 산, 깊은 골짜기, 심지어 매우 가파른 비탈길에도 집이 있었어. 제대로 된 목초지와 도로조차 없는 곳에서 쫭족들이 어떻게 생계를 꾸려나가는지 궁금하더라고.

고원에는 돌이 많아서인지, 쫭족들은 대부분의 주택을 돌로 지었어. 정원을 둘러싼 돌담에는 문이 하나 있고, 들어가면 작은 정원과 1층 혹은 2층의 건물이 있어. 보통 옥상에 창문 없는 작은 방을 하나씩 만들어놓는데, 알고 보니 다름 아닌 창고더라고. 쫭족 주택의 창문은 매우 독특했어. 보통 십자형 창틀 칸에 여러 색의 천을 덧대어 꾸며놓았는데, 그 창문들은 멀리서 보면 색색이 빛나는 눈알 같았고 가까이서 보면 창문에 전통 복장을 걸어둔 것 같았어. 이 온갖 색의 창문이야말로 쫭족식 건축의 특징이라 할 수 있지.

란징에 도착해 여관에서 쉬고 있는데 주인이 란징 취즈카曲孜卡 온천의 흥미로운 전설에 대해 말해줬어.

"다메이용達美擁은 메이리쉐 산의 셋째 딸이었다네. 어느 날

원난과 티베트의 분기점에서
다 같이 사진을 찍었어.

그녀는 심심풀이로 취즈카에 놀러 왔는데 그만 인간들의 고달픈 삶을 봐버린 거야. 인간들이 태어나 늙고 병들고 죽는 삶의 굴레는 신선계에 사는 그녀가 보기에 지옥이나 다름없었지. 심성이 고왔던 그녀는 인간들을 보며 눈물을 흘렸는데 그 눈물이 모여 취즈카 온천을 만들었어. 그래서인지 취즈카 온천은 인간들이 앓는 여러 질병에 효험이 있었고 그때부터 사람들은 메이리쉐 산을 향해 경배를 올렸던 거야."

주인은 잠시 머뭇거리다 힘차게 외쳤어.

"젊은이들! 취즈카 온천에 가지 않으면 여기까지 온 보람이 없지!"

우리는 고원의 온천을 체험해보기로 입을 모았어.

세상에 칠흑 같은 어둠이 내리고, 내 앞의 란창 강瀾滄江은 한없이 일렁이고 있었어. 다메이용의 설산은 온천을 감싸 안은 채 란창 강의 졸졸거리는 물소리를 듣고 있는 듯했지. 하늘에 만개한 저 별꽃들이 쏟아지지는 않을는지…….

샤오민, 지금 너도 밤하늘을 보고 있나?

다펑
2012년 9월 5일
란징에서

티베트 고원의 오성기가 햇살을 받으며 펄럭이고 있었어.

산골짜기의 어떤 마을로 이어지는 길이야. 이 위험한 꼬부랑길이
이 지역 사람들의 힘든 삶을 표현해주고 있어.

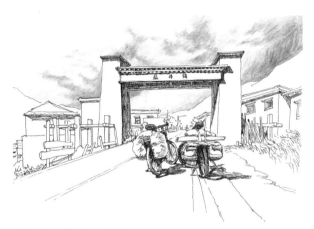

티베트에 들어오니 도로마다
많은 검문소가 나를 기다리고 있더군.

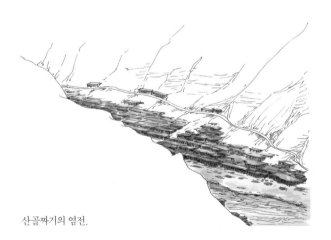

산골짜기의 염전.

늦은 밤임에도 창족 운전기사는
우리를 취즈카 온천까지 데려다줬어.

이 아름다운 하늘이 내 마음을 네게 전해주진 않을까?
나는 물론이고 내 그림자조차도 널 그리워하고 있어.

우리와 같은 꿈을 꾸는 개 한 마리

Day 10

란징 – 망캉芒康

샤오민,

전설이 진짜인 건지 어제 온천에 몸을 담근 뒤 다리가 많이 좋아졌어. 나뿐만이 아니라 팀원 전체의 몸 상태가 여느 때랑은 달라. 전신의 기혈이 충만한 기분이었지.

신나게 달리고 있는데 개 한 마리가 우리를 따라오는 거야. 조금 있으면 돌아갈 줄 알았는데 산 하나를 넘는 동안 계속 쫓아오더라고. 우리는 안 되겠다 싶어 잠시 멈춰서 개를 쫓기 위해 손을 내저었지만, 그 개는 무서울 게 없는지 길바닥에 발을 딱 붙이고 서서 절대 움직이지 않았어. 결국 우리는 빨리 달려서 개를 따돌리기로 했고 온 힘을 다해 달렸지. 얼마나 달렸을까. 헉헉거리며 뒤를 돌아보니 그 개는 여전히 따라오고 있었어.

훙라 산紅拉山의 50킬로미터가 넘는 오르막길에서도 그 개

우리를 따라왔던 주인 없는 개.

먼 길을 바라보았어.

는 끈질기게 우리를 뒤따라왔어. 그런데 그 개가 점점 뒤처지는 모습을 보이는 거야. 그때 알았지. 다리가 불편한 개라는 것을. 지금까지 다리를 절뚝거리며 해발 4200미터에서 우리를 따라왔던 거지. 이 개는 어떤 신념으로 우리를 따라오는 걸까? 우리와 같은 꿈을 안고 티베트 고원을 걷고 있는 건 아닐까?

우리는 이 개를 데리고 산자락의 국숫집에서 먹을 것을 조금 챙겨줬어. 그리고 앞으로 어떻게 해야 할지 고민했지. 다행히 국숫집 주인이 개를 좋아하더라고. 그렇게 이 개는 주인이 생겼어.

"길에서 만난 이름도 모르는 개야, 빨리 다리가 나아서 티베트 고원을 자유롭게 뛰어다니길 바란다."

다펑
2012년 9월 6일
망캉에서

100년의 역사가 있고, 티베트 내에 유일한 성당인 옌징鹽井 성당이야.
불교를 신봉하는 티베트에서 이 성당의 존재는 한 지역에서
서로 다른 종교가 공존할 수 있다는 상징적 의미를 지니지.

한 노인이 손자를 등에 업고 성당 앞에서 경건하게 기도를
올리고 있어. 저 아이의 맑은 눈에는 이 모습이 어떻게 비칠까?

산 입구에 걸려 있는 온갖 색의 천이 바람에 휘날리고 있어.
바람이 천에 쓰인 글을 소리 내어 읽고 있는 것 같아.

산을 내려가는 길이 마치 수풀을 헤치며
기어가는 구렁이 같아.

조금만 더 높이 뛸 수 있다면

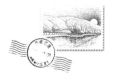

Day 11

망캉 – 루메이如美

샤오민,

오늘부터 중국 정부가 선정한 '중국의 가장 아름다운 도로' 318번 국도의 시작이야.

티베트 동남쪽의 헝돤 산맥에 위치한 망캉은 '티베트로 가는 큰 문'이라는 별명을 가지고 있어. 윈난 성에서 그리고 쓰촨 성에서 티베트로 오는 두 갈래 길은 망캉에서 만나는데, 그래서인지 자전거 여행객들이 갑자기 많아지더라고. 여관의 로비, 복도, 앞뜰에는 각양각색의 자전거로 가득 찼어. 망캉 검문소 앞에는 많은 자동차와 오토바이, 자전거, 여행객들이 줄지어 있었어. 사람들이 한 명씩 검문을 받고 출발하는 이 광경은 망캉이 왜 '티베트로 가는 큰 문'인지 여실히 보여줬지.

망캉을 떠나 3킬로미터 정도 달리니 도로가 갑자기 흙길로 바뀌었어. 붉은 흙길에는 곳곳에 꽤 큰 돌이 박혀 있었는데 그 때문에 힘이 들었지. 게다가 자전거가 덜컥거릴 때면 앞이 보이지 않을 정도의 흙먼지를 날렸어. 붉은 먼지가 시야를 흐릿하게 만들자 마치 홍진세계에 온 기분이 들더라고.

라우 산拉烏山 입구에는 끝 모를 초원이 펼쳐져 있었어. 구름은 손에 잡힐 듯했고, 짙푸른 대초원은 마치 대지에 깔린 녹색 양탄자 같았지. 웃긴 이야기지만, 여기서는 어느 방향으로 고개를 돌리든 간에 "Windows XP"의 기본 바탕화면처럼 보였어. 만약 나에게 엄청난 점프력이 있었다면 하늘까지 뛰어올라 맑은 구름을 한 움큼 집어 네게 보내줬을 거야.

대초원을 뒤로한 아쉬움이 채 가시기도 전에 우리 앞에 30킬로미터가 넘는 급경사의 내리막길이 나타났어. 해발로 따지면 1700미터나 내려왔으니 얼마나 가파른 내리막길이었는

초원의 붉은 흙길을 바라보니 대지의 맥박이 만들어내는
아름다운 선율이 느껴졌어.

지 상상도 안 될 거야. 내리막길을 다 내려와서 란창 강의 주카竹卡 대교를 건너니 루메이如美가 드디어 나오더군. 우리는 여기에서 밤을 보내려 했지만, 내일의 산행이 무척 고약할 것을 알기에 4.5킬로미터를 미리 오르기로 했어. 오늘의 여정은 꽤 행복했는데, 마지막 4.5킬로미터의 오르막길은 정말 끝이 안 보였어. 정말로, 너무나 길더라고…….

다펑
2012년 9월 7일 밤 9시
루메이의 눅눅한 침대에서

라우 산. 해발 4368미터.

손을 뻗으면 구름이 꼭 손끝에 닿을 것만 같았어.

조금만 더 높이 뛸 수 있었다면 구름 한 점을 네게 가져다줬을 텐데!

산에 가득한 소 떼와 양 떼.

낭떠러지에 걸쳐 있는 화장실이야. 언제 부서질지 모르는
허약한 합판이 주재료인데, 만에 하나 볼일을 보다가
합판이 꺼진다면 100미터 정도의 절벽 밑으로 곤두박질치겠지.
화장실 한번 가려면 얼마나 큰 용기가 필요한 걸까?

산을 휘감는 굽잇길 Day 12

루메이 – 롱쉬榮許

샤오민,

란창 강을 떠나자 눈앞에 위험해 보이는 줴바 산覺巴山이 나타났어. 역시나 산행은 고행길이었어. 가야 할 곳을 바라보니 온 산을 휘감는 갈지자형 길이 가파르게 놓여 있었어. 이름 그대로 고산 굽잇길이지. 실제로 20킬로미터가 넘는 굽잇길을 오르면 해발 2000미터 정도만 오른 셈이 되더라고.

해발 3940미터인 줴바 산은 그리 높은 편이 아니지만 란창 강의 끊임없는 침식작용으로 인해 가파른 절벽이 많아. 이런 지형적 특성 때문인지 줴바 산 굽잇길은 헝돤 산맥에서 가장 위험한 도로로 불려. 이 명성에 걸맞게, 굽잇길 대부분이 절벽을 따라 달리고 있음에도 불구하고 그 어떤 안전장치 하나 보이지 않았어. 고개를 들면 당장이라도 무너질 듯한 절벽이 우리를 위협했고, 발밑으로는 깊은 강이 큰 입을 벌린 채 우리가

실족하기만을 기다리고 있었지. 생명에 위협을 느끼기에 긴장
하며 달리다보니 우리는 여느 때보다 빨리 지쳤지.

가야 할 곳을 바라보니
온 산을 휘감는 갈지자형 길이
가파르게 놓여 있었어.
이름 그대로 고산 굽잇길이지.

쮀바 산은 우리의 의지력을 시험하고 있었어. 오전 내내 산을 올랐지만 해발이 거의 변하지 않았고 지도상으로도 거의 같은 장소를 달리고 있었지. 심지어 산 바로 아래에 어제 지나왔던 루메이조차 매우 가깝게 보이는 거야. 마치 귀신에 홀려 루메이의 하늘을 빙글빙글 돌고 있는 듯했지.

오늘 밤 우리는 쫭족의 전통 주택에서 묵기로 결정했어. 나는 숙소에 발을 들이자마자 그윽한 쫭족 특유의 향기에 깊게 취해버렸어. 실내는 온통 민족풍으로 꾸며놓았고 침대 머리맡에는 작은 불상이 가부좌를 틀고 앉아 있었어. 옷장에 놓인 낡은 오디오 기기에서는 쫭족 전통 음악이 오묘한 분위기를 만들며 흘러나오고 있었어. 그 방에는 침대가 무려 스무 대나 들어 있었는데 보아하니 남녀 구분도 없더라고.

오늘 거의 자지 못할 거야. 밤이 깊은데도 동숙하는 아저씨들이 시끄럽게 음주가무를 즐기고 있거든. 게다가 방금 방으로 들어오는 여자들의 수다는 그 이상이야.

이 사람들아 제발 잠 좀 자자!

다핑
2012년 9월 8일 밤 9시
쫭족 전통 주택의 침상에서

어제 숙소에서 만난 팀이야.
일찌감치 승합차로 산을 넘더라고.
췌바 산이 무서웠던 거지.

산양이 췌바 산의 가파른 절벽을
자유롭게 뛰어다녔어.

쵀바 산 정상에서 사과를 팔던 소녀야.
순수한 미소를 가진 이 소녀는 동생을 거두어 먹이기 위해
학교도 못 가고 이렇게 장사를 하고 있었어.

장족 전통 주택의 침실.

풍족한 저녁 식사.

평생 잊을 수 없는 하루

롱쉬 - 줘공左貢

샤오민,

오늘은 평생 잊을 수 없는 하루를 보냈어.

나는 아침부터 미친 듯이 페달을 밟았는데, 바로 동다 산東達山을 오르기 위해서였지. 동다 산은 지금까지 내가 오른 산 중에서 가장 높은 곳이야. 정상까지 5킬로미터 정도 남았을 즈음 고산병 증상이 심해졌어. 머리가 바늘로 찌르듯 지끈거렸고, 위장은 쥐어짜듯 아팠어. 나는 이를 악물고 앞만 본 채 페달을 밟을 수밖에 없었지. 느릿느릿 올라가는 고도계 숫자 때문에 정말 미치겠더라고. 말 그대로 죽다 살아났어.

한참을 올라 해발 5008미터라 적혀 있는 표지판 앞에 다다른 순간 바로 자전거를 내팽개치고 땅에 드러누웠어. 시간이 얼마나 지났을까, 정신이 좀 들자 양 볼에 흐르는 눈물이 느껴졌어. 그리고 생각했지. '바로 이것 때문에 사람들이 지독

한 고통을 참으면서까지 자전거 여행을 하는구나.'

어쩌면 우리는 모두 고산병 증상을 한번쯤 느껴봤을지도 몰라. 머리가 깨질 듯이 아프고 심박 수가 빨라지며 눈앞이 멍해지는 느낌. 이런 극도의 스트레스를 겪고 나서야 우리는 진심으로 원하는 바를 깨닫는 것 같아.

샤오민, 이때 내가 진정 원했던 것은 네 목소리였어. 산 정상에 드러누워 느꼈던 그 감정을 너와 나누고 싶었어. 휴대전화에서 조용히 흐르는 네 목소리를 듣자마자 나는 행복에 겨워 횡설수설했지. 하지만 이 말만큼은 정확히 전했어.

"네가 보고 싶어! 그리고 너와 당장이라도 결혼하고 싶어!"

평소 쑥스러워 잘 하지 못했던 말을 산 정상에서 한 치의

해발 5008미터 둥다 산 정상에서
나는 흥분에 겨워 만세삼창을 했어.

망설임도 없이 바로 말해버렸네.

2006년 그날이 생각 나. 우리가 서로 다른 도시에서 공부하던 대학 시절, 나는 너에게 알리지 않은 채 기차를 타고 30시간을 달려갔지. 네 기숙사 앞에서 한 손에 붉은 장미를 가득 들고 너에게 전화를 걸었어. 네가 창문 밖으로 놀란 얼굴을 내밀었을 때 나는 마음속 깊이 잠자고 있던 작은 용기까지 전부 끌어내 소리 질렀지.

"샤오민, 사랑해!"

산 정상에는 꽤나 쌀쌀한 바람이 불었지만 나는 기쁨에 취해 있느라 깨닫지 못했어. 감기에 걸릴라, 기쁜 마음을 진정시키고 외투를 꺼내 입었지.

산을 오를 때 느꼈던 길고 긴 고통과는 반대로 산을 내려오는 길에는 짧은 흥분만 남았어. 인생에는 이와 비슷한 순간이 많은 것 같아. 우리는 종종 삶의 굴곡이라는 큰 산을 넘어가곤 하지.

오늘은 정말 잊지 못할 하루였어. 지금부터 내가 넘지 못할 장벽은 없을 거라 믿어. 나중에 그 어떤 삶의 고난이 들이닥치더라도 오늘의 기억을 떠올리며 너와 함께 헤쳐나갈 거야.

다펑
2012년 9월 9일
쥐공에서

곡물이 이미 잘 익어 고개를 떨궜어.
곧 맛있는 청과주靑稞酒〔창족의 전통 곡주〕를 맛볼 수 있겠지.
때로는 세차게 흔들리고, 때로는 죽은 듯 고요한 하늘 아래 펼쳐진
숲과 논밭. 처음 본 풍경은 아니지만 항상 내게 깊은 감동을 주고 있어.

정신없이 산을 내려오다보니
어느새 차마고도의 비경인 쥐공에 도착했어.

추수감사의
계절 Day 14

쥐공 – 방다邦達

샤오민,

쥐공을 떠나자 길가에 황금색과 녹색이 어우러진 논이 햇살에 반짝이고 있었어. 고요함 속에서 바람이 잘 익은 벼를 헤집는 소리가 귀를 간지럽히고 논바닥의 촉촉한 흙 내음은 산들바람에 실려 코로 들어오네. 산뜻한 출발이었지.

길옆 공터에서 쫭족 농민들이 다 같이 모여 새참을 준비하고 있었는데, 그들 옆에서 뛰놀던 두 꼬마가 내 쪽을 쳐다보는 거야. 아마도 내가 아니라 자전거에 실린 두루마리 지도를 봤던 거겠지(이 꼬마들 말고도 여정에서 내 자전거에 뭐가 실려 있는지 궁금해하는 사람은 종종 있었어). 두 꼬마 중 형으로 보이는 녀석이 쫭족 말로 내게 말을 걸어왔어. 당연히 전혀 알아들을 수 없었고, 나는 멈춰 서서 손짓으로 설명했는데 두 꼬마는 뭔가 창피했던지 얼굴이 벌게지는 거야. 나는 그 모습이 귀여워 사탕 한 봉지를 꺼내어 나눠줬어. 그러자 꼬마들이 꽥꽥 소리를 지르며 자기 가족들을 부르는 거야. 결국 가지고 있던 사탕과 초콜릿을 전부 줘버렸지. 이때 같이 있던 여자들은 햇살 때문인지 모두 얇은 천으로 얼굴을 가리고 있었어. 천 사이로 반짝이는 눈동자를 보고서야 여자들의 나이를 추측할 수 있었지. 그중 할머니 한 분이 내게 같이 밥을 먹자고 했어. 내가 갈 길이 급해서 안타깝지만 식사를 같이 할 수 없다고 말하자 할머니는 커다란 사과 하나를 가방에 쑤셔넣으셨어. 이상하게도 투박한 그 손길이 감동을 주더라고.

오전의 산뜻한 여정과는 달리 오후 라이딩은 힘들었어. 머리가 지끈거릴 정도로 강하게 부는 역풍과 내리고 그치기를 반복하는 변덕스런 비 때문이었지. 옷이 젖고 마르기가 수차례, 오늘의 여정이 끝났어. 전보다는 훨씬 덜 힘든 걸 보니 이제야 내 몸이 고행에 적응했나봐.

우리는 날이 저물기 직전 방다에 도착했어. 방다는 한눈에 보일 정도로 작은 곳이야. 중심에는 조그마한 광장이 하나 있는데 말을 부리는 커다란 동상이 광장을 내려다보고 있어. 광장을 둘러싼 200미터 정도 되는 도로가에는 여관과 식당이 불을 밝히고 있네. 오늘은 어디서 묵어야 할까?

다펑
2012년 9월 10일
방다에서

추수의 계절이 돌아오니
짱족들은 하나둘 모여 경운기를 타고
논으로 가서 고개 숙인 벼를 힘차게 벤다.
하루 종일 쉼 없이 노동하지만
조금도 고생스런 낯빛을 띠지 않고
추수의 기쁨만 알알이 얼굴에 흘린다.

신식 농기계.

길가에서 놀고 있던
창족 형제.

새참을 준비하는 사람.

힘들어 보여요.
쉬엄쉬엄 하세요.

어린이도 논에서 일을 하더라고.
아이들의 노동하는 모습 하나하나가
내 심장을 쥐어짰어.

방다 광장.

요술을 부리는
누장의 일흔두 굽잇길

방다-바수八宿

Day 15

샤오민,

오늘 방다의 여관은 새벽부터 소란스러웠어. 우리 팀에서
지난번 트럭을 탔던 초보자들을 제외한 나머지 팀원들이 모
여 악명 높은 '누장의 72굽잇길'을 어떻게 하면 안전하게 지나
갈 수 있을지에 대해 회의했던 거지. 그 회의를 지켜보며 나는
조금 불안해졌어. 온라인에서도 그 이름이 전설처럼 전해지
는 72굽잇길이 과연 얼마나 고생스러우면 이렇게 유난일까
궁금했지.

방다를 뒤로하고 비교적 완만한 오르막길인 예라 산業拉山
에 올랐어. 앞서 높은 산 몇 좌를 달성해서인지 그리 힘들지
않았지. 나만의 리듬으로 급하지 않게 페달을 밟으며 안정적
으로 예라 산의 4658미터 정상에 도착했지. 정상에서 내려다
보니 멀지 않은 곳에 '누장의 72굽잇길' 혹은 '99굴곡'이라 불

리는 그 도로가 보였어. 전체적으로 급경사임은 말할 것도 없고 대부분이 U자 형태로 꺾여 있어 자전거로 달리기에는 최악의 도로였지. 만약 조금만 방심해서 미끄러지면 밑에서 기다리고 있는 누장 강 속으로 직행하겠더라고. 그걸 내려다보고 있자니 간담이 서늘해졌어.

누장의 굽잇길은 분명 요술을 부리고 있었어. 온라인에서 "10명 중 3명의 자전거는 무조건 미끄러진다"고 숱하게 말하던 그 요술이 확실히 이뤄졌어. 우림 팀원 9명 중에 3명이 멋지게 넘어졌는데, 그나마 다행인 것은 크게 다친 사람 없이 약간의 찰과상을 입는 정도로만 끝났다는 거야. 퍄오스는 U자로 꺾인 부분에서 넘어져 심하게 굴렀는데도 어깨, 팔뚝, 무릎에 약간의 찰과상만 입었어. 퍄오스 바로 뒤에서 따라갔

누장의 일흔두 굽잇길.

던 나는 순간 심장이 주저앉는 듯했지만 그의 상처에 약을 발라주며 정말 다행이라고 수없이 되뇌었지.

우리는 바수에 도착하자마자 만세를 외쳤어. 그리고 라싸까지 가는 이 여정은 하나의 판타지라며 너스레를 떨었지. 그래 맞아. 우리는 모두 자전거 위의 강한 용사들이야!

다펑
2012년 9월 11일
바수에서

예라 산 정상부터 누장 협곡까지 해발 2000미터 정도를 내려오는
수십 킬로미터에 달하는 길이야. 높은 산에서 깊은 협곡까지
내려오기 때문에 기후 차가 분명해. 위에서부터 고산 한대기후,
고산 온대기후, 협곡 온난대기후 이 세 가지 특성을 전부 느낄 수 있어.
이래서 옛사람들이 예라 산을 "산 하나에 사계절이 동시에 있고,
10킬로미터를 가면 다른 계절이 나오네"라고 표현했나봐.
나 역시 이 기후에 따라 예라 산 정상에서는 외투를 입고 있었지만
산을 내려오며 옷을 하나씩 벗었고, 누장 협곡에 다다랐을 때는
반팔 티셔츠 한 장만 걸치고 있었지.

비상약이 있어 다행이었어.

산자락으로 내려오자 강한 햇볕이 온몸을 태울 듯했어.
조금 쉬기 위해 그늘을 찾았지만 산 아래에는
저 허름한 건물을 제외하고는 그 어떤 그늘도 없더라고.

누장교努江橋야. 마치 천연의 요새 같았어. 가파른 절벽 사이에 지어진
이 다리를 보고 있자면, 노동자들이 다리를 건설할 때의 그 고통이
느껴지는 듯했지. 이곳은 군사지역이기 때문에 사진을 찍는 것은 물론이고
오래 머무는 것조차 불가능했어. 다리 앞에는 스무 살 정도로 보이는
군인 한 명이 홀로 서 있었어. 다리를 지키기 위해 이런 첩첩산중까지
달려와 근무를 서고 있었던 거야. 나는 가슴이 아파 자전거에서 내려
그에게 어색한 경례를 했어. 무서운 얼굴로 정면만 응시하던 그 군인은
내 경례를 보고 미소를 띠며 나에게 진짜 군인의 절도 있는 경례를
보여줬어. 군인 아저씨, 고생하십쇼!

가파른 절벽을 깎아내 만든 도로야. 마치 '커다란 호랑이의 입' 같지?
한쪽에는 누장 강이 빠르게 흐르고 또 한쪽에는 무너질 듯한
절벽이 있는 길. 초심자인 나에게는 조금 무서운 길이었어.

나무아미타불! 오늘 처음으로 삼보일배를 하는 수행자를 만났어.
보통 사람에겐 없는 신비한 정신력과 의시력을 느낄 수 있었어.
혹시나 수행에 방해를 줄까 두려워 옆을 지나갈 때 숨도 쉬지 않았어.

석양이 황갈색 산맥을 붉은빛으로 물들이고 있어.
이렇게 아름다운 풍경을 보면 여정에서 쌓인 피로가 사라지는 것 같아.

석양이 지고 있을 때 우리는 바수의 숙소에 도착했어.
문 앞에 줄지어 핀 예쁜 꽃이 지친 우리를 반겨줬지.

무릉도원으로 가는 길 Day 16

바수 – 란우然鳥

샤오민,

바수에서의 둘째 날 우리는 하루 종일 쏟아지는 빗줄기만 쳐다보고 있었어. 덕분에 지친 정신과 몸을 하루 더 쉴 수 있었지. 그리고 이튿날 언제 그랬냐는 듯 밝은 해가 떴고 우리는 다시 페달을 밟았어.

바수에서 안지우라 산安久拉山 정상까지 가기 위해서는 68킬로미터의 길고 완만한 비탈길을 올라야 했어. 생각 외로 완만한 오르막길이 더 힘들더라고. 정신적으로 몹시 무료해서 몸의 힘이 점점 빠져나갔어. 얼마나 생각 없이 페달을 밟았던지 안지우라 산의 정상에 도착했다는 사실도 알아채지 못했어. 우리 삶에서도 때때로 이렇게 간단하지만 오랫동안 지속해야 하는 지겨운 일이 오히려 더 힘들 때가 있지.

안지우라 산 정상은 전혀 정상 같지 않았고, 내리막길도 전

끝도 없는 지겨운 길.
도대체 얼마나
더 가야 정상이 보일까?

혀 내리막길 같지 않았어. 정상으로 보이는 평지에는 물웅덩
이 수준의 볼품없는 작은 호수가 있을 뿐이었지만 이것도 멀
리 보이는 설산과 조화를 이루니 꽤 봐줄 만했어.

길가의 표지판은 죄다 여행객들의 낙서판이야.

평지 같은 완만한 내리막길이 좀 전의 오르막길보다 더 지겨웠어. 자전거 속도계는 기껏해야 시속 10킬로미터 정도만 가리키고 있었고, 심지어 그날따라 순풍이든 역풍이든 바람이 전혀 불지 않아서 달리고 있다는 느낌조차 제대로 들지 않았지. 내리막길의 기분을 조금 느껴보려고 힘차게 달려봤지만 돌아오는 건 허벅지에 느껴지는 묵직한 통증뿐이었어. 그래도 언제나처럼 산뜻한 길가의 산수 풍경만큼은 좋았어.

란우까지 5킬로미터 정도 남았을 때 길 양옆으로 금방이라도 무너질 듯한 커다란 절벽이 나타났어. 보기만 해도 나를 짓눌러버릴 것 같은 절벽의 위압감 때문에 감히 고개를 들어 절벽의 형상을 감상할 엄두조차 낼 수 없었지. 절벽은 커다란 낙석 방지망으로 덮여 있었는데 이게 무슨 뜻이겠어? 언제든 커다란 돌이 굴러떨어질 수 있다는 거잖아! 나는 절벽이 놀랄까봐 조용히 그리고 단숨에 그 위험지대를 통과했어. 절벽을 통과하자마자 널찍한 초원과 삼거리가 나를 반겼어. 왼쪽은 차위察隅로 통하는 길이고 오른쪽은 계속해서 318번 국도가 이어지며 오늘의 목적지인 란우로 가는 길이었지. 란우는 정말 아름다운 곳이야. 특히나 란우 호然烏湖가 말이지.

우리는 란우에 도착하자마자 숙소를 잡았어. 기분 좋게 창문 옆 침대에 자리를 잡고 짐을 풀고 있는데 갑자기 창밖에 불꽃이 번쩍이더니 방 안이 순식간에 회색 연기로 가득 차는 거야. 나는 깜짝 놀라 한 손으로 코와 입을 가리고 다른 한 손으로 '선물'만 챙긴 채 밖으로 뛰어나왔어. 전기 설비 문제로 인한 화재였는데 직원이 대처를 잘해서 다행히 불이 크게 번지지는 않았어. 그렇지만 전기와 물이 끊겼기 때문에 씻을 방법이 없었지. 오늘 우리는 서로의 땀 냄새를 느껴가며 찝찝한 몸과 정신으로 하룻밤을 보내야 해. 정말 최악이야……

다펑
2012년 9월 13일
란우에서

우리는 힘차게 달리다가도 이렇게 길가에서 쉬며
수다를 떨고 간식을 먹기도 해.

멀리서 바라본 란우는 화려한 불탑과 커다란 목장.
그 뒤로 보이는 청산과 푸른 물이 꼭 무릉도원 같았어.

이곳에서 당신과 말이나 키우며 살고 싶어

란우 - 보미波密

샤오민,

란우 호의 분위기는 전설의 한 장면 같았어. 비가 내린 직후여서일까. 호수는 자욱한 안개로 인해 어둡고 침침해 보였어. 상상했던 청명한 하늘이 비치는 호수의 느낌은 아니었지. 그러나 맑고 깊은 호수의 수면은 주변의 설산과 커다란 암석들을 담고 있었어. 누군가 일부로 심어놓은 듯한 호숫가에 줄선 소나무들은 불어오는 바람에 흔들리며 시원한 소리를 내고 있었지. 고요한 호수를 바라보고 있자니 여행의 걱정과 불안, 흥분이 씻은 듯 사라졌어.

하이즈海子[1964~1989, 현대 중국의 저명한 시인, 『봄, 열 명의 하이쯔春天, 十個海子』를 마지막 작품으로 남긴 뒤 자살]는 생전에 농촌에서 단순한 삶을 살고자 했어. 그러나 그는 긍정적이고 건설적인 인간상을 추구하며 노래한 "대양의 일출과 생명

깊고 맑은 란우 호야. 그 어떤 비바람이 몰아쳐도
이 고요함은 없어지지 않을 것 같아.

력 충만한 봄의 꽃"을 마지막으로 기찻길에 누워 자살했지. 그
는 자살하기 전날 밤 행복한 삶을 꿈꾸며 떠오르는 태양을
찬양했지만 실재하는 무거운 현실이 그를 짓눌러버린 거야.
우리 역시 숨 한번 깊게 내쉬기도 힘든 압박감을 느끼며 갑갑
한 도시에서 생활하고 있지. 이런 생각을 하고 있자니 갑자기
도시의 복잡한 생활을 뒤로하고 너와 이곳에서 단순하게 살
고 싶어지더라고. 물론, 불가능하지. 그러나 나는 최선을 다해
서 우리 생활을 단순하고 평화롭게 만들 거야. 샤오민, 콘크리
트로 가득한 차디찬 도시에서 생활하더라도 같이 상유이말相

濡以沫[서로 물기를 끼얹고 물거품으로 적셔주는 것, 어려울 때 서로 돕는 모습]해서 이곳 못지않게 평화로운 우리만의 보금자리를 만들어보자.

보미에 도착하니 하늘이 갑자기 흐려지고 비가 추적추적 내리기 시작했어. 광장에는 홀로 혹은 삼삼오오 모여서 노니는 개들로 가득했어. 개는 유목민에게 중요한 삶의 동반자야. 유목민과 개의 공생은 이미 그들의 특색 있는 생활 문화로서 자리 잡았지. 동물과 인간이 평등하게 살아가는 이 마을은 신뢰감으로 가득 차 보였어.

다펑
2012년 9월 14일
보미에서

티베트에서 동물과 인간은 비슷한 생활을 하고 있어.
그들은 모두 자연에 몸을 맡기고,
자연의 법칙에 순응하는 삶을 살고 있지.

삶의 재료라고는 산, 초가집, 숲, 허름한 울타리뿐인 티베트의
생활 양식은 보기만 해도 깊은 고독이 느껴져.
나라면 과연 이 고독 속에서 만족하며 살아갈 수 있을까?

주변의 돌, 진흙과 나뭇가지로 만든 울타리야.
이곳 사람들은 크게 욕심 부리지 않고 자연에 의지하며 살아가고 있어.

경운기를 운전하는 아저씨 얼굴에는
풍년의 기쁨이 가득해 보였어.

수확하는 짱족 부녀자들.

길에서 만난 트래킹 팀이야. 스무 명이 넘는 팀원이 길게 줄지어
값비싼 트래킹 장비를 뽐내고 있었어. 화려한 색의 바람막이와 스카프,
거대한 등산 가방, 등산용 카본 지팡이가 그들을 있어 보이게 만들었지.
힘든 구석 하나 없이 하하 호호 웃어가며 트래킹을 즐기고 있었어.
이게 바로 요즘 인터넷에서 욕먹고 있는 트래킹 패키지 여행이야.
관광버스를 타고 여행지 근처에서 잠깐 걷다 다시 차를 타고 다음 여행지로
이동하는 식이지. 고생은 하기 싫지만 트래킹을 체험해보려고
이런 프로그램에 참여했겠지? 뭐, 즐거우면 그만 아니겠어?

그들은 친절하게도 내 지도에
멋진 글귀를 적어줬어.

산사태가 얼마나 많이 일어나는 곳이기에
이런 보호 터널을 만들었을까?

터널 내부.

도랑의 작은 폭포에서 끊임없이 돌아가는
좐징통轉經筒이야. 흐르는 물소리와 함께
돌아가는 경전을 보고 있자니 마음이 편안해졌어.

여행이 바꾼 삶의 태도

보미 - 퉁마이通麥 - 파이룽排龍

샤오민,

지금 티베트는 우기인 탓에 날씨가 그리 좋지 않아. 우리는 이번에도 궂은 날씨 때문에 보미에서 하루를 더 묵었어.

이틀간 보미의 여관에서 많은 여행자를 만났어. 그중 가장 기억에 남는 두 명에 대해 말해줄게. 우선 내 바로 옆 침상에서 지냈던 61세 아저씨는 정년퇴직 후 혼자 칭다오에 여행을 왔다가 우연히 자전거 여행을 시작했어. 이 형님은 이미 317번 국도를 타고 라싸까지 갔다가, 지금은 318번 국도로 되돌아오는 중이야. 그는 여행하면서 많은 일을 겪었는데, 갑자기 튀어나온 개를 피하다 넘어져 파출소에서 치료를 받았고, 히말라야 베이스캠프를 보고 감동의 눈물을 흘렸으며, 야루장부雅魯藏布 강[히말라야 산맥의 북쪽 산록에서 발원하여 인도로 흘러드는 강]에 몰래 들어가 남차바르와南迦巴瓦 산[티베트어

로 '하늘을 찌르는 창'이란 뜻을 가진 해발 7782미터의 봉우리]
자락에만 서식한다는 '신선의 물고기'를 잡아 맛보기도 했대.
정말 용기백배 아저씨지? 우리도 저 나이에 저렇게 살 수 있
을까?

다른 한 사람은 모퉈墨脫 출신인 샤오뤄야. 이 친구는 자연,
특히 뱀을 사랑하고 연구하며 지키는 일종의 환경보호자이며
바이두에서 매우 유명한 땅꾼이야. 그래서인지 온몸이 뱀에
물린 흉터로 가득하더라고. 게다가 그는 바수에서 보미까지
하루 만에 달려올 수 있을 정도로 광적인 자전거 라이더이기
도 해. 이렇게 이 작은 여관에는 각양각색의 여행객들로 넘쳐

보미 광장.

길가에서
토산품을 팔던 할머니야.
행인들의 눈길을 끌기 위해
작은 쫜징통을
끊임없이 돌리고 있었어.

났어. 그들의 여행담을 듣고 있자니 세계는 넓고 사람은 많다
는 흔한 말이 실감나더라고.

오늘의 여정은 악명 높은 102타팡구塌方區와 퉁마이를 거쳐
야 하는 고행길이었어. 100킬로미터가 넘는 이 여정은 초반에
는 참을 만했지만 후반에는 혼이 빠져나가는 기분이었지.

318번 국도의 4081, 4083킬로미터 지점임을 알려주는 두 비석 위에 누군가 꽃을 한가득 올려놓고는 위에 돌로 탑을 쌓아두었어. 사람들이 말하길, 2009년과 2010년에 이곳에서 자전거 여행자 두 명이 조난을 당했대. 이 이야기를 듣고 나는 잠시 묵념했어. 이렇게 많은 사람이 그들을 대신해서 완주하고 또 그들에게 묵념하는 지금, 그들은 분명 저세상에서 외롭지 않을 거야. 또 그러기를 바라.

통마이에 도착하니 시곗바늘이 이미 오후 5시를 가리키고

조난당한 여행자를 기리는 꽃과 돌탑이야.
나는 이 비석을 보고 잠시 묵념했어. 이렇게 많은 사람이
그들을 대신해서 완주하고 또 그들에게 묵념을 하는 지금,
그들은 분명 저세상에서 외롭지 않을 거야.

있었어. 파이룽까지는 318번 국도 중에서 가장 위험하다고 하는 도로가 15킬로미터나 더 남았지만 우리는 내일의 여정을 위해 끝까지 달리기로 했지.

퉁마이를 떠나려면 퉁마이 대교를 건너야만 했는데, 이 교각은 흔들림 때문에 자동차 기준으로 한 대씩만 지나갈 수 있는 빈약한 현수교였지. 처음에는 별로 무섭지 않았지만 중간쯤 오니 교각이 생각보다 큰 진폭으로 흔들리는 거야. 공포심 가득한 얼굴로 슬슬 기고 있는데 자전거 체인이 갑자기 뚝 끊어지더라고. 나는 교각이 끊어진 줄 알고 심장이 멎을 뻔했어. 왜 하필 그때 체인이 끊어졌을까. 머피의 법칙이란 참 신기한 것 같아.

퉁마이 대교를 건너자 위험한 15킬로미터 도로의 시작을 알리는 작은 터널이 나왔어. 사람들은 이 15킬로미터 구간을 "중국국도지질재해박물관"이라 부르더라고. 왜 그런가 하니, 도로 아래는 수십 미터 높이의 깎아지른 절벽과 용솟음치는 파룽장부帕隆藏布 강이 있었고 노면 상태 역시 진행 중인 도로 공사 때문에 최악이었어. 심지어 청명하게 맑던 하늘에서 비가 쏟아지기 시작했는데 이 때문에 최악이었던 노면이 더 엉망으로 변했어.

더 이상 이 도로에서의 고난을 설명하지 않을게. 사실 모든 고난은 지나고 보면 충분히 이겨낼 수 있는 것들이거든. 이미 많은 고난을 이겨낸 사람의 잠재력은 끝이 없는 법이야. 나는 지금까지의 고행을 꿋꿋이 이겨온 내 잠재력을 절대 과소평

가하지 않아. 이 여행이 어느새 나를 강인하게 만들었어.

다펑
2012년 9월 16일 늦은 밤
파이롱의 숙소에서

사실 이렇게 침수된 도로가 지금까지 꽤 많았어.

퉁마이 대교.

"중국국도지질재해박물관".

파이롱에 도착했을 때는 이미 해가 진 뒤였어.

우리가 오늘 묵을 숙소야.

사랑처럼
달콤한 빗줄기

파이롱 – 루랑魯郎

샤오민,

파이롱부터 라싸까지는 대부분 시멘트 포장로야. 어제 같은 위험은 앞으로 없을 거야. 샤오민, 이제 걱정하지 마.

오랜만에 좋은 도로를 달리니 기분이 정말 좋더라. 여기저기 돌아다니며 비를 쏟아내는 변덕스러운 먹구름만 조금 미웠어. 원래 빗길에서는 자전거용 우비나 방수 기능이 있는 바람막이 등을 입어야 해. 그러나 어차피 우비를 입고 오랫동안 달리다보면 전신이 땀으로 젖기 때문에 비 맞는 것과 매한가지야. 그래서 이번엔 과감히 우비를 입지 않고 달려보기로 했어.

빗길을 달리자마자 머리부터 신발 안까지 온통 빗물로 젖어버렸어. 그런데 이상하게도 몸은 찝찝하게 젖었지만 기분은 오히려 상쾌해지더라고. 어린 시절 폭우가 내릴 때면 비를 피하는 어른들과 달리 비 맞으며 밖에서 즐겁게 뛰어놀았어. 그

정말로 끝이 안 보이는 길이야.
(느꼈을지는 모르겠지만 라싸에 다다를수록 흥분해서인지
연필 선이 점점 과감해지고 있어.)

때의 즐거움이 오늘 다시금 떠오른 거지.

　가까스로 남아 있는 힘으로 두 다리가 기계적으로 페달을 밟았어. 빗길에서도 어떻게 해서든 루랑까지 가야 했거든. 동심으로 돌아가서일까? 이런 상황에서도 입으로 흘러들어오는 빗물이 참 달콤하게 느껴졌어.

다펑
2012년 9월 17일
루랑에서

루랑은 스귀지石鍋雞로 유명해.
루랑에 와서 스귀지를 먹지 않는 멍청이는 세상에 없을 거야.

루랑, 창족어로 "용왕이 사는 골짜기"라는 뜻이야.
루랑린하이鲁郎林海는 린즈林芝 현 바이八一에서 80킬로미터 정도
떨어져 있어. 이곳은 전형적인 고원 목장이야. 자로 그은 듯
나무 울타리로 나뉘어 있었는데 그 경계 밖으로는 수천 종의 이름 모를
야생화들이 피어 있더라고. 농민들의 촌락은 산을 등지고 넓찍널찍하게
놓여 있었고 손에 잡힐 듯한 구름은 서로 엉겼다가 때로는 헤어지며
조용히 춤을 추고 있었어. 이 풍경을 화폭에 담고 있자니,
그 고요한 아름다움에 취해 어느 옛사람의 말이 절로 떠올랐어.
"아름다운 강산을 그리고 나니 내 고향이 어디인지조차
기억나지 않는구나."

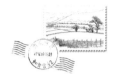

샤오민,

오늘의 여정은 찬장 국
도를 타고 린즈 현 바이까
지 가는 거야. 서지라 산色
季拉山 정상에서 운해雲海와
임해林海가 어우러지는 장관
을 볼 수 있는 날이지. 기대를 품고
멀리 있는 난자바와南迦巴瓦 봉을 한참
이나 바라봤어. 오랫동안 꿈
에 그렸던 난자바와 봉이 현실
로 다가온 거야.

오늘 아침 식사는 내 평생 최고
로 맛있었던 달걀볶음밥이었어. 황금

색 달걀이 은빛 쌀
알을 감싸니 그야말
로 진바오인金包銀[달걀
하나당 쌀 세 알의 비율로
만든 최상의 달걀볶음밥을
일컫는 말]이라 할 만
했지. 식당 주인
이 식탁에 볶음밥
을 하나씩 가져다줬
고 나는 황금색 접
시가 동료들의 얼
굴에 따뜻한 김
을 내뿜는 모
습에 절로 군
침이 고였어. 얼마
나 지났을까. 내 몫이
나오자마자 체면이고 뭐
고 없이 게걸스럽게 먹어치
웠어.

산등성이는 수많은 사람의 염원이 담긴
돌탑으로 가득했어. 또 돌탑을 지켜주듯 흩날리는
오색 천은 볕에 찬란하게 빛났지.

다페이는
난자바와 봉을 향해 절을 했어.

가파른 오르막길에서 라이딩을 시작하며 헉헉거린 지 얼마 지나지 않아 짙은 안개가 일기 시작했어. 시야가 흐려지자 오르막길이고 뭐고 난자바와 봉이 만드는 그 엄청난 장관을 보지 못하는 게 아닐까 노심초사했지. '후' 하고 깊게 한숨을 내쉬는 그 순간 내 앞에 어린아이 머리통만 한 돌덩이가 날아왔어. 그게 바로 눈앞에 떨어진 거야. 얼마나 놀랐던지 나도 모르게 "나무아미타불, 나무아미타불" 하며 중얼거리고 있더라고.

난자바와 봉의 아름다움을 가장 잘 느낄 수 있다는 전망대에 다다랐을 때 안개가 걷히기 시작했어. 하지만 저 멀리 난자바와 봉을 가리고 있는 안개는 그대로였지. 우리는 기적을 바라며 전망대에서 안개가 완전히 사라질 때까지 잠자코 기다리기로 했어.

난자바와 봉에 얽힌 유명한 전설을 하나 말해줄게. 호랑이 담배 피우던 시절 난자바와와 자라바이레이加拉白壘는 각각 동쪽과 남쪽을 지키고 있었어. 동생 자라바이레이는 평소 무술을 좋아했기 때문에 힘이 점점 강해지고 키도 갈수록 커졌어. 형인 난자바와는 이를 질투해서 칠흑같이 어두운 그믐날 밤 동생의 목을 단칼에 베어버렸어. 그때 바이레이의 머리가 떨어지며 생긴 게 더라 산德拉山이야. 이에 진노한 신은 난자바와에게 야루장부 강 옆에서 영원히 잘린 동생의 머리통을 바라보게 했대.

이 신화는 두 산의 특징을 제대로 설명해주고 있어. 실제로 자라바이레이 봉의 정상은 머리가 잘린 듯 둥글둥글하고 난자바와 봉 역시 속죄하는 듯 짙은 안개와 구름으로 항상 몸을 가리고 있지.

안개가 걷히는 걸 기다린 게 30분 다페이가 갑자기 난자바와 봉을 향해 절을 했어. 그는 머리를 몇 번 조아리면 난자바와 봉이 그 웅장한 자태를 드러낼 거라 생각했나봐. 그런데 하늘이 노했는지 절이 끝난 직후 엄청난 폭우가 내렸고 조금 있으니 우박까지 쏟아지는 거야. 우리는 그 후 다페이를 엄청나게 놀려댔어. 살면서 얼마나 많은 죄를 지었으면 난자바와 봉의 업보가 일개 인간에게까지 미치는 거냐고 말이지.

어느새 여행을 시작한 지 20일이 넘었네. 점점 도시에서의 삶이 잊히는 게 느껴져.

다펑
2012년 9월 18일
바이에서

가로수 길은 끝이 보이지 않았고
우리의 다리 역시 멈출 줄 몰랐어.

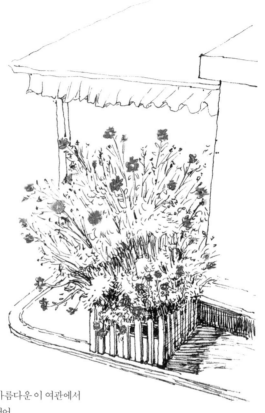

오늘은
화단이 아름다운 이 여관에서
묵기로 했어.

쫭족 소녀의 집 Day 21

바이 - 바이바百巴

샤오민,

오늘은 편안하고 만족스런 하루였어.

어두컴컴한 새벽에 문득 잠이 깨어 창밖을 보니 빗줄기가 한없이 쏟아지고 있었어. 오늘은 못 움직이겠구나 싶어 그냥 푹 자버렸지. 점심 즈음 눈꺼풀을 뚫고 들어오는 햇볕에 못 이겨 비비적거리며 일어났어. 창밖을 보니 비가 어느새 그쳐서 라이딩을 하기에 딱 좋아졌더라고. 쾅 형, 퍄오스, 다페이, 타오 형 그리고 나는 오늘 조금이라도 움직이기로 했고 화 형님, 야오 씨, 아룽, 아룬은 하루 쉬고 내일 출발하기로 했어. 여하튼 우리는 내일 궁부장다工布江達에서 만나기로 했지.

우리는 바이를 떠나 니양허尼洋河 강의 물줄기를 따라 올라갔어. 니양허 강 주변의 아름다운 풍경은 자꾸만 내 발걸음을 더디게 만들었어.

바이바에 도착하니 짧은 소나기가 내렸어. 곧 비가 물러나자마자 따라 나온 무지개는 바이바의 하늘에서 그 자태를 뽐내고 있었지.

우리는 쓰촨 사람이 운영하는 작은 여관에 짐을 풀고 바이바 거리를 활보했어. 거리에는 찻잔 모양의 개성 있는 가로등이 반짝거렸고 이곳 주민들은 삼삼오오 모여 수다를 떨며 산책하거나 실외 당구대에서 당구공을 굴려가며 즐거운 시간을 보내고 있었지. 거리는 여유와 즐거움으로 가득했어.

한참 길을 걷다가 괜찮아 보이는 찻집으로 들어갔어. 찻집 문을 열자마자 귀여운 짱족 소녀가 큰 소리로 "자시더레이扎西德勒[짱족의 환영 인사]"라 외치는 거야. 우리는 기분 좋게 가게 안으로 들어갔어. 가게 안에는 차를 마시며 수다를 떠는 짱족들로 붐볐지. 그들이 무척 신나게 떠들고 있었기에 무슨 말을 하나 한참을 귀 기울여봤지만 조금도 알아들을 수 없었어. 우리는 짱족 소녀의 안내에 따라 널찍한 방에 자리를 잡았어.

어두운 그 방은 짱족 특유의 수납장과 이불을 제외하고는 별 볼일 없이 초라했어. 맥주를 몇 병 달라 했고 소녀는 징징거리는 두세 살짜리 남동생을 안은 채 맥주를 가져왔어. 우리는 안타까운 마음에 동생을 받아 안고 대신 달래줬지. 소녀는 얼굴을 붉히며 고맙다고 말했어. 우리는 그렇게 소녀와 이야기를 나누기 시작했어.

소녀 뒤에 번쩍이는 상장 하나가 벽에 붙어 있었어. 그 상장의 이름 칸에는 니마라지尼瑪拉吉라 적혀 있었고 우리는 소녀에게 물었지.

"혹시 네 이름이 니마라지니?"

소녀는 펄쩍 뛰며 대답했어.

"어떻게 아셨어요?"

우리는 웃으며 벽에 붙어 있는 상장을 가리켰고 소녀는 쑥스러워 입을 쭈뼛댔지.

에메랄드 빛 니양허 강을 보고 있자니 문득 현대 중국이 망가뜨린 자연이 떠올랐어. 고원에 와서야 진정한 원시 자연의 아름다움을 느낄 수 있다니. 안타까운 일이야.

니마라지가 말하길 지금 초등학교 4학년이고 매일 학교를 가기 위해서는 몇 시간 동안이나 산길을 올라야 한다는 거야. 이 학교 학생들은 대부분 쫭족인데 이들은 쫭족어, 중국어, 영어까지 세 언어를 배워야 한대. 초등학교 때부터 3개 국어를 배워야 하다니, 이들은 도시의 학생들보다 학습 환경도 좋지 않은 곳에서 더 힘든 교육을 받고 있는 셈이지. 게다가 방과 후에 부모님을 도와 가게에서 일까지 해야 하는 니마라지는 정말 장해 보였어.

샤오민, 지금 이 가게에서 맥주를 마시며 네게 편지를 쓰고 있어. 시간이 많이 늦었네. 이제 숙소로 돌아가서 그만 자야 할 것 같아.

다펑
2012년 9월 20일 밤
찻집 테이블에서

길가에서 장샹주藏香猪*가
돌아다니고 있었어.

*장샹주는 고원에서 천연 사료를 먹여 기르는 티베트 특유의 돼지다.

길가에서 창족 농민이
지역 토산품을 팔고 있었어.
난생 처음 본 열매였는데 이보다
손으로 직접 만든 대나무 바구니가
더 멋지더라고.

비가 갠 뒤 바이바 하늘에 나타난 무지개야.

니마라지는 종종 고개를 숙이고는
손톱을 물어뜯었어.

아폐장웬阿沛莊園을 만나다 Day 22

바이바 - 궁부장다工布江達

샤오민,

바이바를 떠나고 얼마 지나지 않아 갑자기 폭우가 내렸어. 그런데 마침 앞에 특이한 마을이 보이는 거야. 우리는 비를 피하기 위해 이 마을로 들어갔어. 입구의 표지판을 보고서야 이곳이 아폐촌阿沛村[아름답기로 유명한 티베트 궁부장다 현의 촌락]이라는 것을 알았지. 이곳의 건물들은 전부 높고 넓은 복층 구조였어. 문에는 오색 천을 걸어두었고 처마 밑에는 짱족 분위기가 농후한 화려한 무늬를 그려놓았지.

아폐촌은 원래 아폐 궁전阿沛莊園이었대. 7세기 전

후에 토번족의 제7대 왕 즈공잔푸直貢贊普가 전쟁 중 암살당하자 세 왕자 샤츠夏赤, 네츠聂赤, 챠츠恰赤가 토번족을 이끌고 궁부장다로 도망을 왔어. 그들은 새 터전을 찾아야 했고, 세 왕자 중 선대에게 가장 총애를 받았던 네츠 왕자가 신께 기도를 드리며 하늘로 화살을 쏘아 올렸대. 그런데 그 화살이 이곳까지 날아온 거야. 네츠 왕자는 이 땅을 "아페阿沛"라 불렀는데 이 말은 "운명이 나를 이곳으로 이끌었다"라는 뜻이래.

지금의 아페 궁전은 다 허물어진 2층짜리 벽돌 건물 한 채만 남았어. 농민들 역시 무너져가는 궁전을 떠나 지금 이 마

산 중턱의 거사얼구 성 주변에는 가시나무와 넝쿨로 가득했어.
거무튀튀한 식물들 가운데 서 있는 회색 성은
굉장히 음산해 보였어.

을에 다시 터를 잡은 거지. 큰 산을 등진 채 고요한 정취를 풍기고 있는 무너진 아폐 궁전은 세월의 무상함을 말해주고 있었어.

비가 그치고 하늘이 맑아지자 우리는 천천히 마을을 둘러봤어. 가장 흥미로웠던 건 마을 중앙에 위치한 토산품 상가였어. 사람들이 허름한 천막에서 천연 마 재질의 스카프, 좡족 전통 은 식기 그리고 옥석 등을 팔고 있었지. 사고 싶은 물건이 많았지만 자전거에 더 이상 실을 곳이 없었기 때문에 항상 그랬듯 마음을 추슬렀어.

마을 입구에서는 좡족 아저씨들이 모여 도박판을 벌이고 있었는데, 재미있게도 순찰하던 경찰이 구경하며 훈수를 두고 있더라고. 한쪽에서는 좡족 할아버지가 작은 쫜징통을 심심하게 돌려가며 먹먹한 곡조를 뽑고 있었고, 풀밭에서 노니는 양 떼를 지키는 할머니는 나무 의자에 앉아 한없이 뜨개질을 하고 있었어. 이 평온하고 조용한 일상, 복잡한 도시에 사는 우리가 가장 원했던 삶의 모습이야.

다펑
2012년 9월 21일
궁부장다에서

아폐촌 주민들은 전부 마당에 꽃과 나무를 기르고 있었어.
테라스 밖으로 보이는 꽃들을 보며 아폐촌만의 생명력을 느꼈지.

아페 궁전의 옛터야.
지금은 당시 경당으로 쓰던 복층 건물 하나만 남았어.
300년의 세월 동안 대부분 사라진 거지.

삼보일배 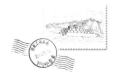 Day 23

궁부장다 – 송둬松多

새벽의 궁부장다.

무자비하게 몰아치는 강물을 견딘 저 바위는
경건한 영혼을 지니고 있는 듯했어.

창족의 굳건한 정신을 기리는
작은 사당이야.

사당 앞에 핀 아름다운 꽃.

길을 향해, 길 위에서

떠나고자 하는 이들이여
권력의 감투를 내다 버리고
기름진 화장을 지워버려라
머리카락을 태워 눈썹에 바르고
손가락을 씹어 입술에 발라라
망가진 무릎이 주는 존엄을 가지고
침묵하는 머리가 주는 용기를 가지고
견실한 창과 유연한 장미를 가지고
어두운 밤에 홀로 떠나라

길 위에 있는 이들이여
무릎 꿇고, 몸을 숙이고, 경배하며, 머리를 조아려라
다가올 찬란한 영광만 바라보며
절대 뒤돌아보지 마라.
돈의 숲과 욕망의 전쟁터를 벗어나
얄팍한 고독감과 오만한 연약함을 이겨내어
영원히 꺼지지 않을 횃불을 믿고
굳게 걸어나가라.

절하는 그의 얼굴에는 온화한 미소가 가득했어.

절을 하는 이 여성에게는 경건함이 배어 있었어.

이 사람들은 삼보일배를 하며 사당으로 조금씩 나아가고 있었어.
어떤 신앙심을 지니면 이런 고행을 할 수 있는 걸까?
정말 엄청난 정신력을 가진 사람들이야.

나는 가지고 있던 초콜릿을 꺼내 이들에게 조금 나눠줬어.
이 여인은 초콜릿을 처음 맛봤대. 좋아하는 모습을 보니
나도 맑아지는 기분이었어.

어두운 밤, Day 24
미라 산을 달리다

송둬 - 모주궁카墨竹工卡 - 라싸拉薩

샤오민,

송둬의 허름한 여관은 물과 전기가 끊겨 있었어. 찝찝한 몸으로 자니 밤이 한층 길게 느껴지더라고. 여행 중에 몇 번이나 이런 일을 겪었지만, 막바지에 와서도 찝찝함만큼은 적응이 안 되네.

전기가 끊긴 방에서 꿈과 생각을 오가고 있는데 새벽인지 밤인지 헷갈릴 시간에 휴대전화가 반짝거리며 알람이 울렸어. 혼미한 정신으로 액정을 손가락으로 대강 문질러 알람을 껐지. 왜 이렇게 일찍 일어났는가 하면, 원래 송둬부터 라싸까지는 이틀이 걸려. 그런데 어제 아룽, 아룬과 어차피 마지막 여정이니 조금 힘들더라도 하루 만에 라싸까지 달려보기로 결정했어. 나머지 팀원들과는 내일 라싸에서 만나기로 했지. 나는 화장실 갈 틈도 없이 바로 자전거를 끌고 밖으로 나왔

안개 낀 도로는 다른 차원의 세계로 가는 통로 같았어.

어. 그때가 새벽 4시였어.

오늘은 이번 여행에서 가장 일찍 일어난 날이야. 티베트와 베이징은 시차가 있기 때문에 일반적으로 9시는 되어야 해가 뜨지. 그렇게 보면 잠을 거의 자지 않은 셈이야.

길은 먹물을 흩뿌린 듯 묵묵하게 어두웠고 공기는 쌀쌀했어. 광활하고 고요한 미라 산米拉山 자락을 지나며 작은 전조등에만 의지해야 했지. 페달을 밟으면 전조등 빛이 어둠을 헤쳤고 그렇게 조금씩 앞으로 나아갔어. 신기하게도 달리다보니 몸이 어둠에 적응하더라고.

차가운 새벽바람 때문에 냄새가 잘 느껴지지 않고 또 어두웠기에 앞이 잘 보이지 않았어. 그래서인지 유독 내 숨소리와 두 다리의 고통이 예민하게 느껴지더라고. 이때 나는 쓸데없는 감정을 잊은 채 내 생명의 본질을 깊게 받아들였어. "후하, 후하" 하는 호흡 소리와 "쿵쾅, 쿵쾅"거리는 심장박동 소리를 듣고 있자니 지금 이 순간 존재하고 있는 게 느껴지더라고.

한참을 달리다보니 먼 산 뒤에서 올라오는 빛줄기가 어두운 하늘을 갈랐어. 그러더니 붉은 아침노을이 화산이 분출하듯 고개를 내밀며 주변의 구름과 음영을 만드는 거야. 그 빛은 너무나 밝아서 감히 눈을 똑바로 뜨고 쳐다볼 수 없었어. 그런데 갑자기 뒤에서 "빵!" 하며 차 경적 소리가 들려 순식간에 꿈에서 현실로 돌아왔어. 큰 트럭이 다가오며 끊이지 않고 경적을 울려대는 통에 나는 급히 자전거를 들고 구석으로 피했지. 트럭은 곧 어둠 속으로 사라졌지만 고요함에 적응했던 내 귀는 날카로운 이명을 울리고 있었어. 한참이 지나고 나서야 이명이 사라지며 산길은 다시 고요함을 되찾았어. 뭐, 정신은 번쩍 들었으니 어떻게 보면 잘된 일이야.

해발 5013미터인 미라 산 정상에 섰을 때는 이미 어둠의 기척을 전혀 느낄 수 없었어. 안개가 짙었기 때문에 아름다운 일출은 볼 수 없었지. 그러나 광명은 뿌연 안개를 넘어 풀을 뜯는 야크의 등까지 따뜻하게 데워주고 있었어.

이번에는 지금까지 정상에서 느꼈던 정복에 의한 흥분이 전혀 느껴지지 않았어. 왜냐하면 이곳은 나에게 있어 마지막으로 넘은 정상이었고, 동시에 내 발로 밟은 곳 중 해발이 가장 높은 장소였기 때문이야. 이 산을 넘으면 내 앞엔 더 이상 산길이 없어. 나는 지금까지 산을 넘으며 느꼈던 정신적, 육체적 고통을 떠올렸어. 분명 이제까지의 고행으로 내면에서는 많은 변화가 일어났지. 아마 돌아가면 많은 사람이 이렇게 물을 거야. 도대체 왜 그런 곳에 갔느냐고 또 왜 하필 자전거로 여행했느냐고 말이야. 여기에 어떻게 답해야 할까?

"지금 나는 전에 알지 못했던 심장 안쪽에 잠재해 있는 그 무언가를 느끼고 있어. 이 묘한 느낌은 말로 표현할 수 없기에 본인이 직접 경험하지 않고서는 절대 알 수가 없지."

이 정도면 답이 될까?

정상에서 조용히 쉬고 있으니 햇볕이 시커먼 구름을 뚫고 나와 대지를 밝히고 안개를 걷어냈어. 하늘에 푸름이 드러나고 몸에 힘도 다시 돌아와 시속 40킬로미터가 넘는 속도로 산을 내려왔어.

나는 마음속으로 외쳤지.

'라싸야, 내가 왔다! 포탈라 궁아 내가 왔다!'

라싸에 거의 다 와서 길가에 잠시 자전거를 세우고 깊은 생각에 빠졌어. 한편으로는 라싸의 포탈라 궁으로 당장 가고 싶었지만 또 한편으로는 이 여행이 끝난다는 사실이 못내 아쉬웠던 거야. 나는 더 멀리, 더 오래 달리고 싶었어.

라싸에 다다르기 직전, 포탈라 궁이 흐릿하게 보이기 시작했어. 나는 몹시 흥분해서 젖 먹던 힘까지 끌어내어 미친 듯이 페달을 밟았어. 헉헉거리며 포탈라 궁 앞에 서니 태양이 지면서 남은 마지막 빛줄기 하나가 궁전의 순백색 벽을 비추고 있었어. 나는 그 순결함과 장엄함에 취해 한참을 멍하니 서 있었지.

내 머릿속은 빠르게 돌아가며 이 한 달간의 대장정을 주제로 감동적인 영화를 찍고 있었어. 이 영화의 마지막 장면은 포탈라 궁 앞에 선 주인공이 끊임없이 눈물을 흘리는 거야. 한 달간의 고행길이 달콤한 꿈이 되어 뇌리에 영원히 남는 거지.

다펑
2012년 9월 23일
라싸에서

미라 산 정상의 야크 석상이야.
야크의 목에 감긴 오색 천이 바람에 휘날리고 있었어.
이 야크상은 행인들에게 아직 창족의 정신이
세파에 굴하지 않았음을 알리고 있었지.

풍년의 기쁨에 취해 일하는 짱족.

침묵. 그리고 생각.

"라싸에 오신 것을 환영합니다."

드디어 포탈라 궁에 도착했어!

진정한 행복 Day 25

라싸

샤오민,

라싸는 나에게 있어서 여행의 끝과 새로운 시작이라는 두 가지 의미가 있어. 짧다면 짧고 길다면 긴 이 한 달 동안 정말 많은 일이 있었지. 그것은 내 인생의 한 부분이고 하나의 꿈이고 하나의 선물이고 하나의 기억이야. 나에게 감동을 준 동료의 격려, 곧게 세운 엄지손가락, 순수한 미소, 격렬한 포옹은 물론이고 고통스러운 고산병조차 평생 잊지 못하겠지.

나는 다자오 사大昭寺 앞에서 영원한 행복을 기원했어. 비록 불교에 몸담고 있지는 않지만 불교 신자들과 함께 다자오 사 앞에 서니 강한 전율이 나를 사로잡았어. '전율'이라는 단어만으로 이 감정을 설명할 수 없네. 이곳의 불교 신자들은 남루한 옷을 입고 더벅머리와 맨발인 채로 돌아다니지만, 그 정성스레 절하는 순수한 영혼만큼은 누구보다도 깨끗했어. 나는 이 세상에 하등한 민족, 하등한 종교, 하등한 문화는 결코 없다고 생각해. 누가 이들의 모습을 보고 감히 하등하다고 말할 수 있을까? 나도 이들처럼 모든 것을 버리고 진정한 행복을 얻고 싶어.

다펑
2012년 9월 26일
라싸에서

이곳의 불교 신자들은 다자오 사를 향해 두 손을 모아 합장하고,
몸을 숙인 뒤, 손을 눈앞에 내리고, 허리를 완전히 굽혀
손을 쭉 뻗은 채 땅에 완전히 누워버려. 사지와 이마가 전부 땅에
닿으면 다시 고개를 들고 일어선 뒤 합장 반배를 해.
이들은 고단하지도 않은지 계속해서 이 동작을 반복하더라고.

노인의 눈빛만 봐도 얼마나 신앙심이 깊은지 알 수 있었어.

다자오 사의 금빛 지붕이 햇빛에 반짝거렸어.

나도 좐징통을 돌려봤지.

라싸에서 가장 유명한 마케아메 짱족 전통 식당이야.
"마케아메"는 "순결한 어머니"라는 뜻으로 6대 달라이라마가
사랑했던 여인에게 지어준 이름이지. 이곳은 달라이라마가 끝내
만나지 못한 그 여인을 기다리던 곳이야. 비운의 사랑, 비운의
달라이라마. 사실 이 화려한 황금색 건물에는 어울리지 않는 이야기야.

포탈라 궁 앞에서 군인들이 긴장된 얼굴로 다가올
국경절 행사의 예행연습을 하고 있었어.

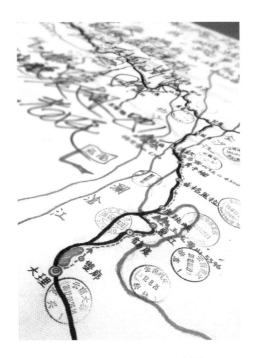

길 위에서 만난 모든 친구에게 감사한다.

나는 기차에서 내리자마자 바로 민정국民政局[중국에서 결혼증명서를 발급하는 기관]으로 달려갔다. 샤오민은 붉은색 치마를 입고 어깨까지 긴 머리를 늘어뜨린 채 나를 기다리고 있었다. 그 아름다운 모습에 비해 나는 더러운 옷과 검게 그을린 피부로 정말 보잘것없었다. 그러나 나는 용기 내어 다가가 그녀를 꼭 끌어안았다. 우리는 서로를 바라보고 한참을 웃었다. 그리고 손을 꼭 잡은 채 혼인신고를 하러 민정국으로 들어갔다.

우리는 고리타분한 중국 전통 방식으로 결혼하지는 않았지만 기본적인 예의는 전부 지켰다. 그렇게 진행한 피로연 자리에서 친지들에게 인사하느라 바쁜 샤오민을 중앙 무대로 불러 세웠다. 나는 자전거를 타고 무대로 달려가 긴장하고 있는 그녀에게 오랫동안 준비했던 묵직한 그 '결혼 선물'을 건넸다. 각 지역에서 찍은 도장과 여행 중에 만난 사람들의 축복이 담긴 지도와 내 편지였다. 나는 무대에서 편지를 읽었다.

샤오민, 우리가 만난 지 벌써 10년째야. 이 긴 시간 동안 나는 많은 것을 경험했고, 생김새도 성격도 많이 바뀌었어. 그러나 변하지 않은 게 하나 있어. 바로 너를 사랑하는 마음이야.
사람들은 보통 다이아몬드 반지로 프로포즈를 해. 그러나 나는 한 달 동안 너를 위해 특별한 결혼 선물을 준비했어. 이 선물에는 앞으로 내가 어떻게 결혼생활을 할지 그 마음가짐이 담겨 있어. 이제 말할게.

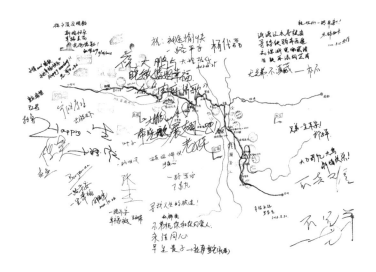

길 위에서 만난 사람들이 우리 두 사람을 위해
축복의 글을 남겨주었다.

샤오민, 내 아내가 되어주겠어? 평생 너를 향한 내 마음을 증
명하며 살고 싶어.

평소 활발했던 샤오민이지만 이 순간 그녀는 아무 말도 하
지 못했다. 그녀는 눈물을 머금은 채 간신히 고개만 끄덕였다.
그렇게 우리는 하나가 되었다. 더 이상 무슨 말이 필요할까?
지금 샤오민은 임신 중이다. 이 임신 기간은 분명 그녀에게
있어 길고 힘든 여행일 것이다. 그녀를 진심으로 응원한다. 그
리고 우리 아이가 태어난 뒤에는 새로운 여행이 시작될 것이

다. 이 여행은 온 가족이 함께하는 여행이다. 나는 곧 태어날 아이에게 인생이라는 여행의 아름다움, 굳건함, 책임감, 낭만을 느끼게 해줄 것이다.

이 지도에 글을 써준 모든 분께 진심으로 감사드립니다.

이 지도에 쓰인 글은 평생 잊지 않겠습니다.

이 글을 써준 모든 사람이 우리 결혼의 증인입니다.

나는 중국 유학 시절 중국 대륙 밖으로 여행을 가지 않았다. 중국 내에 절경이 무척 많았기 때문이다. 가장 기억에 남는 곳은 단연 윈난과 티베트다. 자전거로 달리지는 않았지만 방송 현지 코디로서 2주 동안 윈난의 이곳저곳을 쑤시고 다녔다.

이 책에서 자연경관을 표현하는 부분은 무척 화려해서 자칫 중국 특유의 과장이라고 느끼기 쉽다. 그러나 윈난과 티베트를 한 번이라도 둘러본 사람이라면 절대 그렇게 생각하지 않을 것이다. 그곳이 내뿜는 감성은 인간의 언어로 표현할 수 없는 영역에서 가슴에 휘몰아치기 때문이다. 저자도 이렇게 썼다. "샤오민, 내 어휘력으로는 이 감동을 표현할 수가 없네."

그 감동은 사진으로 표현하기에도 분명 한계가 있다. 사진은 그림에 비해 보편적이며 객관적이기 때문이다. 정보 전달

이 목적이 아닌 이 책에서 저자가 경관을 그림으로 표현한 것은 정말 탁월한 선택이라고 생각한다. 스케치가 사진처럼 풍경을 똑같이 담아낼 수는 없겠지만 그 속에는 그의 감정이 녹아 있다. 우리는 그 감정을 받아들이고 나름대로 재구성해서 저자와 더 깊은 정신적 감응을 할 수 있는 것이다.

사랑에 대한 저자의 태도는 감동적이다. 강인한 정신력을 무기로 사랑에 모든 것을 바친 그에게 "비탈길의 리족 아저씨"처럼 엄지손가락을 곧게 치켜세워주고 싶다. 다음 목적지에 도착할 때마다 결혼 선물인 지도에 도장을 찍으며 흐뭇해하는 그의 표정이 눈에 선하다. 그는 고통스러운 순간, 감동의 순간 할 것 없이 항상 아내가 될 이의 이름 "샤오민"을 외친다. 평생 희로애락을 함께하고자 하는 그녀를 향한 마음이 진심인 것이다. 때문에 이 책이 더욱 깊이 있게 느껴진다.

특별한 여행을 하고자 하는 사람, 윈난과 티베트를 여행하려는 사람, 자전거로 장거리를 달려보고자 하는 사람, 충만하고 진실한 사랑이 그리운 사람이라면 이 책에서 분명 큰 감동을 느낄 것이다.

마지막으로 이 책을 기획하고 번역할 수 있게 도와준 중국어 출판번역가모임 '행단'의 여러 선생님과 글항아리 출판사 분들께 감사드린다.

2016년 6월
옮긴이

자전거로 윈난에서 티베트까지

초판인쇄 2016년 7월 6일
초판발행 2016년 7월 15일

지은이 다핑
옮긴이 전호상
펴낸이 강성민
편집장 이은혜
편집 장보금 박세중 이두루 박은아 곽우정
편집보조 조은애 이수민
마케팅 정민호 이연실 정현민 김도윤 양서연
홍보 김희숙 김상만 이천희

펴낸곳 (주)글항아리 | 출판등록 2009년 1월 19일 제406-2009-000002호

주소 10881 경기도 파주시 회동길 210
전자우편 bookpot@hanmail.net
전화번호 031-955-8891(마케팅) 031-955-1936(편집부)
팩스 031-955-2557

ISBN 978-89-6735-340-7 03800

* 에쎄는 (주)글항아리의 브랜드입니다.

이 도서의 국립중앙도서관 출판예정도서목록(CIP)은 서지정보유통지원시스템 홈페이지
(http://seoji.nl.go.kr)와 국가자료공동목록시스템(http://www.nl.go.kr/kolisnet)에서
이용하실 수 있습니다. (CIP제어번호 : CIP2016015187)